自末日為你而來

語風
著

Content

目次

楔子

首先，是一片虛無的黑。

周遭是全然的寧靜，沒有任何一點聲響。

再向前走一些，出現了如同繁星般閃爍著的眾多光點。

女孩伸出手來，將光點捧在手中，如同對待珍視的寶物般小心翼翼地捧著。

而後光點逐漸擴大，形成如琉璃碎裂般，五彩繽紛的碎片。裡頭有著如電影般一幀一幀的畫面，反覆於碎片中映射。

一輪血色的明月、電視螢幕上播報末日將至的新聞、虎口汩汩而出的血液。

尖銳的獠牙、赭紅的雙眼、墨藍色的髮、世上最溫柔的笑。

最後她找到了。

一位坐在教室角落的少年托著下巴，半側著臉，凝望著外頭的景色。

一陣寒風吹過，淡藍色窗簾被吹起，少年柔順的髮絲隨之飄動。

他輕輕推上窗，終於肯將注意力移至講台處，一雙暗紅眼眸微微透著好奇的光。

女孩緊緊握住目標碎片，將其捂至左胸口處，臉上的淚悄然滑落。

深呼吸了口氣，她蹲下身來，以碎片尖端在落腳處劃出一道裂縫。

漆黑的空間因而逐漸崩毀，與現實截然不同的次元開始分崩離析，身側的光點隨之黯淡。

她深知這將會是最後一次的輪迴。

過去的事件再不會重演，餘下的僅有安寧與幸福，最後的倒數計時即將來臨。

在連時間長度也無法計算的片刻過去後，一陣強烈的暈眩感朝她襲來，此為於虛幻與現實之中切換的前兆。

——這一次，我絕對會好好守護你。

第一章　無盡之時

樓梯旁的教室內，許多學生們交頭接耳，似乎是對於站在講台上的轉學生有著不小的興趣，在談話之餘不時朝黑板前的女孩望去幾眼。

「第一排最後一個位置幫妳留了個空位，妳就去坐那吧，屆時有什麼問題都能來找我，或是問周遭的同學。」戴銀框眼鏡的中年男老師指著後門邊的空位，笑容和藹，「大家也要跟新同學多多互動，希望未來我們班所有人都能相處融洽。」

「好──」台下一陣附和。

自走進教室的那刻起，坦普絲的視線便僅注視著一個方向，也沒放多少注意力在自己聽過第二遍的叮嚀上頭。她望向窗邊角落那撐著下巴的男孩，待對方將視線轉回來的那刻，兩人四目相交。

從窗子縫隙漏進來的些許微風拂過她銀白色的髮，一陣酸澀自胸口蔓延至鼻頭，須臾間眼眶已蒙上了一層水霧。

終於。

終於能再見到他一面了。

一切恍若昨日，卻因太過悲傷而顯得過於遙遠，可此刻，所有的哀愁都被她留下，留在過去，留在那虛無之地。

在改寫了結局後，她盼著一切痛苦皆不會重新上演。

待走下台前往自己的座位時，坦普絲的視線仍緊跟著男孩不放，想將他的身影再度深深烙進心裡，不願落下每一寸。

而後的下課時間，不少同學跑去向她搭話，個個都對於在學期中轉來的新同學頗有興趣，她一時之間抽不出空來向那角落的男孩搭話。

直到午休時間，她終於得到機會，在默默觀察許久後，抓準他離開後門的剎那，立馬起身跟在對方身後。

「嗨。」她雙手交疊在後，語氣輕顫，努力勾起一抹笑來，希望藉此來與對方變得親近。

「妳好，我記得妳叫……坦普絲，對嗎？」男孩關上水龍頭，也禮貌地回以一個淺笑。

懷念的氣息。

懷念的聲音。

僅僅是一句再普通不過的話語，她卻對此感到感激不已，緊緊咬著唇，喜悅地彷彿要咬出血來。

待回過神來，眼眶裡打轉著的淚水已然奪眶而出。

「嗯！」她用力點點頭，抹去眼角的淚。

男孩顯然慌張了起來，不明白她為何而流淚，著急地自制服口袋裡頭翻出一張有些皺的面紙遞出，「怎、怎麼突然？」

「我只是……」她搖搖頭，破涕為笑，笑容明豔的彷彿能融化這酷寒的冬季、復甦萬物，「只是太開心了。」

「啊？」

「路那。」坦普絲稍稍仰頭，對上了他那暗紅色的好看眸子。

終於能再度呼喚他的名字。

「妳知道我的名字？」名為路那的男孩有些詫異，開始仔細觀察面前女孩的模樣。

坦普絲有著一頭銀白色的及腰長髮，與冬日非常相襯，可鬢角卻是墨黑色的，非常突兀。

她的眸子是青綠色的，就像珍奇的寶石般透出無瑕的光，那之中像是有著黑洞般的魔力，令人不自覺受其吸引。

而她的皮膚白淨，其中也透著些紅潤。

明明近日氣溫驟降，所有人幾乎都在制服外頭套上厚重的大衣禦寒，可她卻僅著學校的針織背心，令他不禁想關心對方是否感到寒冷。

「我知道。」她嘴角含笑。

她怎麼可能不曉得？

「你能幫我個忙嗎？」她往前踏了一步，兩人的距離霎時縮短了些。

路那因而別開眼，感到渾身不自在，「什麼？」

「能請你帶我逛逛校園嗎？」她嚥了嚥口水，左胸口顫動的頻率加速，有些擔心是否會遭到拒絕。

畢竟在這個時候，他們兩人還什麼都不是。

「對呢，妳剛轉學過來，肯定對這裡不熟。正好我現在有空，就帶妳認識學校吧。」路那眨了眨眼，答應了她的請託。

「謝謝你。」坦普絲有些哽咽，可為了不讓對方感到疑惑，硬生生地將即將滴落的淚珠給逼了回去。

謝謝你，讓我再次認識了你。

蕭瑟的冷風呼呼吹過，路那搓了搓手，一旁的坦普絲見他這般，不由得勾起了唇角。

冬季已經持續多久了呢？

她稍稍仰頭，望著萬里無雲的晴朗天空，望著成群飛過的候鳥，再望著遠方樹木毫無生氣的模樣。

已經快忘了其他季節是什麼模樣了。

春天是百花盛開的嗎？夏天是蟬鳴唧唧的嗎？秋天是天朗氣清的嗎？

將近二十五年的時間，她持續被困在這無法結束的冬季中，早已忘了世界本該是什麼樣子。

「妳對於月亮有什麼看法嗎？」路那將手插進口袋，忽然地就問了這麼一句。

坦普絲並沒有感到意外，而是再度抬頭，仰望著在白天雖不明顯，可仍能隱約描摹出輪廓的月球。

見她沉默，路那搔了搔頭，「抱歉，這個問題很突然吧？但我是真的挺好奇的。」

坦普絲搖搖頭，並沒有覺得這問題有什麼不對勁。

不如說，不對月亮抱有疑惑才是奇怪的。

「不知道為什麼，好像我打從出生就莫名的被月亮吸引，每天都要抬頭看好幾次。」他解釋道，「加上近年來相關話題層出不窮，我才想跟人討論這問題。」

十七年前，月球被探測到正逐漸往地球方向緩慢靠近，起初世人對此不以為然，認為僅是宇宙正常現象，並不會造成任何威脅。

然而，隨著年月流逝，月球靠近的速率逐日增加，科學家對此感到震驚不已，於是著手研究此現象的成因，可至今仍無具強力證據的研究結果傳出。

世人眼中的月球隨著其接近而越發增大，盈虧的規律也逐漸變調，月球改為西升東落、地球自轉速度減緩……而由於地月間引力的增加，潮汐上升，世上許多低窪國家因此被淹沒，人口逐漸往內陸及高山移動，人類能使用的資源銳減，糧食危機也隨之而來。

至今，世界各國仍找不出解決的辦法，因此有部分民眾認為這是世界末日即將來臨的預兆，為此感到惶恐不已。

「如果月球一直靠近，你知道會發生什麼事嗎？」坦普絲並無立刻回答他的問題，而是反問。

「一旦超過了臨界值，當地月間的距離小於洛希極限，月球就會受引力而變形，最終解體，成為地球的環——就像土星環那樣。」路那講得頭頭是道，「而如此一來，宇宙中不會再有月球的存在，潮汐影響減弱，原本的土地能再次被利用，其他的影響比較長遠，我們是感受不到的。」

待他結束講解，坦普絲拍拍手，不禁因他過於認真的發言而笑了出來，「你真了解呢。」

即使她明白，事實並非如此。

她是見證過的。

她曉得，月球並不會被撕裂，而是持續加速朝地球靠近，若放任不管，最終的結局唯有世界毀滅一途。

大部分的世人都與路那一樣，連科學家也紛紛說明此現象並不會導致世界末日的來臨，也因此至今為止，民眾們仍能安然度日，逐漸靠近的月亮對他們而言，僅是茶餘飯後的閒聊話題。

如果路那這麼堅信便好，倘若他永遠都不要知曉真相，那是再好不過的了。

她不會說，也不會再阻止事態的發生了。

這一次，所有人都必須迎來世界的終焉。

「只是剛好有興趣，花了一點時間研究罷了。」路那淺笑，接著指向遠方的建築，「那就是我剛剛跟妳說的體育館，如果天氣不好，通常會在那裡上體育課。」

坦普絲點了點頭，表示自己明白了。

兩人又在校園裡頭閒晃了一陣，直到鐘聲響起，他們才踏上回教室的路。

「做為帶我認識校園的謝禮，我告訴你一個秘密。」在進教室前，坦普絲輕輕拉住了男孩的襯衫衣角。

「秘密？」路那挑眉，顯然很好奇她要說的是什麼。

「明天會下初雪喔，是今年冬天的第一場雪。」她勾起唇角，漾起燦爛的笑，「你期待嗎？」

「真的？可氣象預報不是這麼說的。」

「真的。」她語氣堅定的像是不容許任何人質疑，「會一連下好幾天，而且之後會有一波寒流，到時候會出現積雪，要小心保暖喔。」

能像現在與路那進行這般日常的對話，她對此感到欣慰，也同樣認為這是莫大的奇蹟，此刻的每分每秒，她都須克制自己的情緒與表情，努力讓自己別因感動而流淚。

雖說很是疑惑，可看著女孩神彩奕奕的表情，路那也同樣露出笑容。

「為什麼妳知道？」他看著她被風吹的凌亂的髮，有股衝動想伸出手來，替她好好梳理銀白髮絲。

若真下雪了，一定與她非常相襯的吧——他不禁這麼想著。

「可能因為……我是氣象專家？」坦普絲打趣道。

這是她經歷過將近百次的記憶，怎麼可能不會知道？

☾

世上曾經有某個種族，他們並無正式名稱，也鮮少為現代人所知，通常被科學家稱為

「吸血族」。

吸血族在成年前的外貌表徵與常人並無差別，而在成年後，會覺醒所謂「吸血衝動」，為了方便攝取血液，其犬齒會改變構型，變得異常尖銳。

雖說血液對於吸血族而言並非維持生命必須，可血液對其就像毒品般，無法克制的於覺醒後產生上癮的症狀，並且隨著吸血次數增加，衝動也隨之更為強烈。

被吸血的人類照理而言不會有生命危險，可對世界來說，吸血族是不應存於世上的種族，理應被消滅。

於是千百年來，吸血族的後裔遭受世界的趕盡殺絕，軀體被帶到研究機構詳細調查並抹滅，終於在十多年前，吸血族僅餘下最後的末裔一人。

而也與此同時，月球被觀測到開始朝地球靠近，且速度漸增。

國內擁有最先進技術與設備儀器，同時保存著最高機密的研究機構「塞恩提亞」試圖找出原因及解決方法，而在五年前的登月探勘中，發現了一種在地球上未曾出現，也從未經由人工合成製造出的全新元素，暫時將其取名為「ξ^{-1}」。

在後來的研究中，證實了吸血族的神經囊泡內有一種特殊遞質「帕德勒」能與ξ^{-1}達到量子糾纏，進而對其產生指示性，且帕德勒僅有在活體內才得以活化並表現。

因此，塞恩提亞研判，當今地球對於月球的奇妙引力便是來自於此糾纏效應，認為此事的根本原因在於吸血族的異質性。

由於帕德勒產生的效應，月球內部引力增大，幾經計算後，塞恩提亞得出的結論為「地月距離即便低於洛希極限——約一千三百八十公里，月球仍然不會被撕裂，而是會維持類球體狀朝地球碰撞」。

最終，在距今三個月後，月球將直接衝擊地球，造成無可彌補的毀滅，無論對於人類文明或生態皆是駭人的大滅絕。

這也同時代表著，世界末日將在三個月後來臨。

塞恩提亞判斷，要解決此問題的方法唯有抹殺吸血族的末裔，也因此近年來竭力尋找那一人的存在，可幾經努力仍是未果，機構得到的結論為當事人尚未成年。

除了精密檢查外暫無其他方法能找出那唯一的吸血族末裔，塞恩提亞僅能反覆推定當事人可能出現的範圍，並不斷檢查那些區域內未成年人類是否出現異常。

此方法的成功率極低，如同大海撈針般漫無目標地尋找，極有可能在毀滅來臨之時仍是無所收穫。

因此，塞恩提亞最終將希望寄託於坦普絲身上，試圖透過她的能力，反覆嘗試在無數次三個月內找出吸血族的末裔，並且將其確實抹殺。

「這些記憶都沒有出錯，對吧？」在結束了所謂「調查時間」並返回塞恩提亞後，坦普絲便依照指示至所長室內進行談話。

「是的，我清楚明白自己的任務，便是在最後一刻失敗時進行時間跳躍，將世界倒轉回三個月前，並利用過往的經驗使機構的目標範圍逐漸縮小，最終成功尋覓當事人並通報。」坦普絲面無表情地回答，如同毫無感情的機器人一般，不帶一絲情緒。

縱然內心思緒萬千，她也必須表現的如同任何事從未發生，假裝自己仍是那自打出生便在機構成長，聽命於機構而執行任務的異能者。

「這是第幾次了？」所長提問。

「第一百次。」她毫不猶豫地答。

重複了近百次，為期三個月的輪迴，總共約二十五個年頭的時間。

在這漫長的歲月裡頭，一切的記憶與經歷僅有她一人記得，說是時間跳躍，更準確的形容或許為時空切割，切斷三個月以來的一切，使世界重新得到發展的可能。

「辛苦了，妳一定累壞了吧。」所長勾起唇角，「也感謝妳至今以來的努力，才能讓我們將範圍縮小到人口僅有四十萬的區域，相信再過不久，我們就能成功找到目標了。」

所長讓她先回房休息，說是晚點再請她來彙報第九十九次時間跳躍所發生的經過與收穫成果，而坦普絲點了點頭，便推開門離開。

她並沒有馬上回到自己的房間，而是走到觀測部門內部，透過透明的天花板來仰望夜晚的穹頂。

一輪明月高高掛在空中，形狀大的駭人，周遭圍著一圈赭紅光暈，如同染上了血般怵目驚心。

跟裡頭的職員稍稍打過招呼後，她便回到房內去，坐在電腦桌前，思索著晚些時間的報告內容究竟該呈現什麼好。

尚未確認目標、任務失敗——大概是這般千篇一律的說詞吧，如同過去九十八次報告的那樣。

真相唯有她明白，塞恩提亞只能選擇相信她，一直以來皆是如此。

她凝望著自己的掌心，上一次所產生的疤痕已消失無蹤，如同一切從未發生。

坦普絲稍稍撫上自己的後頸，因獠牙刺入而留下的傷口也不復存在，所有事都回到了原點，所有悲傷與美好都僅存於她的記憶中。

她希望這次，同時也是最後一次得以迎來終末的輪迴，餘下的僅有燦爛幸福的回憶。

☾

斜陽朝地平線逐漸下沉，將天邊的雲彩染成一片茜紅，另一頭比夕陽大上許多倍的明月高懸，隨著天色黯淡而越發明亮。

夕日自窗簾間的縫隙透出，在地板上拉出一條一條的光影交錯，安靜的教室裡頭僅有一個女孩站在後方，將置物櫃一個個打開來。

坦普絲把大家放在裡頭的物品一一抽出，端詳是否有任何不對勁之處，由於過於專注在這樣的行為上，她全然未注意到門口踏進了一道身影。

「妳在做什麼？」少年的嗓音流進她耳中，她立即停下動作，轉過頭去盯著對方瞧。

「那是我的櫃子。」他將書包放到講台上，緩緩走到置物櫃前去，替她將打開的櫃門闔上。

「抱歉，我不小心搞錯了。」話雖這麼說，可坦普絲並沒有顯露一絲悔意，臉上仍是那副平靜無波的神情。

「沒事。」路那至角落的座位，自抽屜裡抽出了一本講義，接著「唰」的一聲，拉開身旁的淺藍色窗簾。

見蒐集情報的機會已然喪失，坦普絲也決定暫時離開此處，待擇日有機會再繼續。

她正準備邁步離開，卻被身後的男孩叫住。

「坦普絲。」他輕喚，「打從妳轉學過來已經三天了，這是我們第一次說話呢。」

坦普絲沒有停下，沒有回頭，也不曉得對方是以什麼樣的表情說出這話。

她沒將其放在心上，僅是淡淡回了句「嗯」，便加速腳步，準備前往其他區域探查。

輕輕睜開眼，坦普絲將指尖撫上眼角，才意識到自己早已淚流滿面，潔白的枕頭也沾上了些許淚漬。

那時，原本毫無交集的二人第一次有了接觸，當時她並沒有太大在意，可如今想來，那是無比珍貴的奇蹟，是她一切人生意義的開端。

「路那。」她對著空氣輕喃，淚珠再度撲簌簌地落下。

——我們終將迎來末日，而在那之前，請讓我陪著你，共享最後的安寧，直至終焉之時來臨。

☾

之後的一連幾日，城市果然出現了大規模的降雪，正如同坦普絲所言，世界被染成一片雪白，幾日後仍未停歇。

路那對此感到不可思議，畢竟過去幾年從未出現如此激烈的降雪，就連較低窪的地區也積了雪，對世人而言前所未聞。

「看著大家都穿這麼厚，我就想到了一直想問妳的問題——妳不怕冷嗎？」當所有同學們都清一色穿著羽絨外套或大衣，手握暖暖包，圍著圍巾哈氣時，路那看著座位旁僅簡單著冬季制服的坦普絲如此詢問。

與此同時，他手插口袋，在米色大衣裡頭取暖，嗓音也帶著些許顫抖。

由於想跟路那坐在一起，坦普絲主動向導師提出了換座位的請求，念在她是轉學生，願意與同學親近自然是好事，導師也不疑有他，便同意她更換位置。

「我習慣了喔。」坦普絲稍稍側身，嘴角掛著一抹恬靜的笑。

「習慣？妳以前住在高海拔地區嗎？」路那有些詫異地挑起眉，認為這極端的天氣並不是說習慣就能習慣的，即便每年冬季皆會下雪，活了十七年的他仍是感到寒冷。

「是呀。」坦普絲笑彎了眼，沒有反駁他的猜測。

一開始是會的，在那前幾次的輪迴中。

可漸漸地，她早已習慣了這樣的嚴寒，她的世界再沒有其他季節，餘下的只有寒冬，在這近百次的輪迴中，她早已對這樣的氣候感到麻木，甚至偶爾還會因防護不足而凍傷。

「我原本不怎麼喜歡冬天，但現在開始有些喜歡了。」路那凝視著她的銀白色髮絲，沒想太多便將心中所想脫口而出，「妳很適合冬天。」

無論是那彷彿能透出光芒的髮，抑或那雪白的肌膚，都與這樣的冬季極度相襯。

坦普絲愣了愣，察覺他炙熱的目光，體溫也不自覺升高了些。她有些羞赧地別開眼，在內心默默感嘆路那的本性似乎就是如此，總能夠信手拈來就說出令人害臊的話。

「為什麼？」對於這樣的說法，她感到有些好奇，也因路那從未這樣告訴過她。

路那沒回答，而是朝她的方向微傾，伸出手撩起她的一綹髮絲，「像雪一樣，很漂亮。」

坦普絲下意識地抬起手，差點兒就要觸上他的指尖，幸虧理智隨後跟上，她阻止了自己。

她將目光移至路那指尖的白絲。

最初並不是如此，她的原生髮色是如墨般純淨的黑，就像她頰側的鬢角。

由於擁有特殊的異能，塞恩提亞將她做為重點研究對象，自出生以來，她接受過無數次的人體實驗，而也因此造成許多副作用，其中一項便是她毛囊的黑色素細胞突變，失去了製造黑色素的能力，自此之後，除了鬢角外的頭髮全都成了這樣的白。

然而，路那卻說她的頭髮很漂亮。

「你的頭髮才好看呢。」坦普絲勾起唇角，伸出手撫上他墨藍色的髮，美麗的色澤令人著迷，如同那平靜的、溫和的夜。

兩人望向彼此的雙眸，下一瞬同時笑了出來。

放學時間，學生們紛紛準備離開教室，不少人仍在課後相約其他活動，坦普絲已推掉了許多同學們的邀約，正打算返回機構。

她緩緩收拾書包，一旁的路那也不著急，一本一本地將書本放進包內。

打開掌心，她凝視著虎口處那埋藏在內的晶片位置，猶豫許久，最後在路那起身準備離開時叫住了對方。

「怎麼了？」路那轉過身，才發現身上的大衣一角被她輕輕拉著。

——我想跟你一起走。

——我希望你待在我身邊。

內心的話堵在喉頭，她最終吞下了自己的自私，沒將其脫口而出。

坦普絲垂眸，不讓眼底的失落為對方所捕捉，沉默許久後搖了搖頭，緩緩吐出一句「明天見」。

她明白自己不能這麼做。如此一來，路那會被列入機構的追蹤對象，會讓他身陷險境的。

路那淺笑，稍稍彎下身來，在她面前揮了揮手，「明天見。」

坦普絲點點頭，也回以一個溫柔的笑。

她該知足了。

能像現在這般與路那度過平凡的日常，她不能再奢求更多了。

在教室裡頭的大部分學生都離開後，她靜靜坐在位置上，抽出了隨身攜帶的小刀，並將刀尖抵至虎口處，直到皮膚滲出些許赤紅鮮血。

虎口的定位晶片猶如縛著她的枷鎖，她的一切動向皆為機構所掌握，永遠無法獲得自由。

可她也明白，如果再次劃開，將裡頭的晶片拔出，塞恩提亞對她的信任將徹底破滅，如同上一次輪迴，對她展開全面性的追殺。

為了她所計劃的安寧，也為了路那的人身安全——

直到最後一刻，她仍是必須帶著這樣的鐐銬生活。

「今天有任何收穫嗎？」每日，在被接送回塞恩提亞後，等待著坦普絲的便是報告，必須將所見所聞盡可能詳細講述，而其中最重要的便是列出可疑對象，以便機構追蹤觀察。

也因此，為了確保機構不會對路那出手，坦普絲只得編出一個又一個混淆視聽的發言，將機構的目標盡可能地往遠離路那的方向前進，確保在未來的三個月——也就是世界末日來臨之前，路那都不會受到一絲威脅。

「這是我剛剛所說的可疑對象，我請研究員調查了她的背景，如同報告所述，從小在育幼院長大，父母不明。」坦普絲將一張寫有許多個人隱私的報告放至桌面，「此對象現年十七歲五個月，沒辦法透過變化來辨別身份，我認為可以更深入調查。」

編造謊言並無耗費她多少心力，她只不過是將先前無數次輪迴中的成果移花接木，製造出似是而非、虛假的真實。

所長又詢問了她有關於上一次輪迴的情報，而在一陣任誰都沒有起疑的對話後，坦普絲獲准離開了所長室，準備至醫療中心進行例行的健康檢查。

「坦普絲。」在她按下門控開關前，所長叫住了她，「我們預計一個月後將第一〇七號實驗體脫離『艙』並進行各樣檢查，若其能自由行動，我相信將成為妳完成任務的一大助力。」

坦普絲原本正動作的手指頓了頓，回頭望向勾著笑，卻令人無法捉摸的所長。

「我明白了。」她稍稍點頭，沒有太大的反應便按下開關。

塞恩提亞一〇七號實驗體，除她以外的第二號異能者，她對其的瞭解僅有如此，即便身為機構的一員，她仍對這號實驗體不甚瞭解。

機構內的實驗體大部分同她一般皆是人工嬰兒，在胚胎時期便被用來進行各種實驗，也因此得以發育完全並順利成長的個體甚少，像坦普絲這般無缺陷甚至擁有異能的實驗體，理所當然地被機構當作奇蹟來看待。

在歷經許多失敗後的第二名異能者……坦普絲在走廊上思索著對方究竟擁有何種異能，同時也對於這百次輪迴中從未發生的情況感到有些擔憂。

自那日放學時分在置物櫃前進行短暫的對話過後，路那便時常向總孤身一人行動的坦普絲搭話，總主動詢問她是否有哪兒需要幫忙。

起初，坦普絲對於這份好意感到不自在，也因有任務在身而百般抗拒，想與對方保持一定距離，可漸漸地，她發現跟人往來並不是件煩心的事，甚至偶爾因搜尋進度毫無進展而煩擾時，路那適時的關心總令她感到暖心。

☾

在輪迴之初，她本以為自己的感情薄弱，如同再激不起漣漪的一灘死水般。於自出生起便生活在塞爾提亞的坦普絲而言，機構便是她的全世界，外面的種種是未知的，等著她去探索，自其中探取情報與資料，她生於此世的意義僅為了完成機構所交付的任務，拯救這個世界。

然而，在經歷了無數次的時間回溯後，她逐漸理解何謂「心」，她經歷了許多相遇與別離，縱然那些並不刻骨銘心，卻都是在她漫漫人生中旅途的印記。

同樣地，她也經歷了無數的希望與絕望，那些深信自己覓得目標對象，最終仍迎來悲慘末日的曾經……她已目睹了許多次，而每一次的結局無一例外，皆是月球即將與地球相撞，她於最後一刻進行時空切割。

一切重新來過，她進入了下一次的輪迴，不斷、不斷地為了找尋吸血族的末裔而持續前進。

「坦普絲。」

某日傍晚，當坦普絲準備動身前往近日懷疑的一名目標女性住處進行調查時，路那忽然在她踏出教室後門前叫住了她。

她輕輕應了聲，轉過頭去與對方四目相交，拋去了一個疑惑的表情，以眼神表達困惑，不曉得路那要做些什麼。

路那淺淺一笑，走向她身旁，而後倚在走廊邊的欄杆上，仰起頭，指著天上那逐漸清晰而透著紅光的明月，「妳對於月亮有什麼看法嗎？」

縱然天色尚未暗下，可月球的光芒卻沒有被掩蓋，加上這陣子以來肉眼可見的月球又越發增大了些，不尋常的現象在近日造成了熱烈討論。

官方說法永遠僅有一種，便是讓人民無需擔心，然而月球靠近而造成的影響不會說謊，日益上升的海平面已重創全球，人類可利用的土地正以驚人的速度減少。

「沒什麼看法。」她並不意外路那對這話題有興趣，不如說，這便是世人茶餘飯後討論的議題之一。

只是她仍對於路那忽然叫住她，僅僅為了詢問此問題這事感到疑惑。

「我問得有點抽象，抱歉。」路那拍拍自己的後腦勺，側過身去，凝視著站到自己身旁的坦普絲，「不如這麼問好了──妳是相信世界會毀滅呢？還是最後會平安無事呢？」

「……你呢？」坦普絲選擇拒絕回答，反問了路那的想法。

就事實而言，世界是會毀滅的，整個地球將迎來無可挽回的重創，人類的文明將會消失殆盡，而大部分生物也將滅絕。

「我相信一切都會好的，雖然月球靠近的原因不明，不過一定會沒事的。」路那沒太過在意她對於問題的迴避，而是說出自己的看法：「妳聽過洛希極限吧？一旦地月間的距離小於極限值，月球就會受引力而變形，最終解體，成為地球的環……」

他滔滔不絕地向坦普絲解釋，而坦普絲僅僅是默默聽著這表面上科學家給予的真相，沒有以自己已知的所有情報做出反駁。

她同樣抬頭仰望那明月。曾幾何時，美麗的月亮成了災難的象徵，帶給人們的再也不是無盡的溫柔，而是恐慌。

聽完路那的一番論述後，她輕輕點頭，接著勾起了僵硬的唇角，露出一抹淺笑。

路那第一次見她露出笑容，一瞬間有那麼點失了神，凝視著那抹不明顯卻好看的笑容許久，什麼反應也沒有做出。

「你就繼續相信吧，相信一切都會好的，相信一切都會沒事的。」她雙手交疊在背後，道出這話後，便離開了他身畔，沿著走廊漸行漸遠，又回到了那孤身一人的模樣。

無論如何都沒事的。

她必定會找出吸血族的末裔，並確實交予機構所抹殺，直到那時候，世上所有人都會平安無事。

這便是她不惜重複無數次輪迴也要達成的夙願，是她存在的唯一意義，可在經歷了如此漫長的征途後，她不禁感到疲乏。

近百次的、重複的三個月不斷於腦海中上演，記憶產生重疊，思緒逐漸混亂不堪，即便仍在時空跳躍的安全範圍內，即便腦內植入的晶片有助於資訊的統整與思考……

這樣的輪迴，究竟還要持續多久呢？

還要重複幾次，才能成功完成任務呢？

在返回塞恩提亞後，坦普絲開啟了自己專用的個人電腦，找出她過去以來從機構得知的那些資訊，那些所謂「正確」的歷史。

她有個思考了許多次的問題，可在過去不斷重複的時光中，她始終沒能問出口。

根據資料記載，對於吸血族而言，吸血是一種衝動，只要克制成功便安然無事，就算普通人類意外遭其吸血，也幾乎不會有任何生命危險甚至副作用，吸取的量甚至只與健康檢查中的抽血相仿。

可世人卻因此將吸血族視為怪物般的存在，認定他們不該存在，認為此種族會對於普通人類造成威脅，因此竭盡方法只為將其趕盡殺絕。

漸漸地，吸血族沒落，餘下的個體只能流亡於世界各地，一旦被發現蹤跡，政府便會派專人將其消滅。

科學家對於吸血族此種族抱有強烈的未知與好奇，便利用世界對於吸血族的憎恨，將難得活捉的個體用以人體實驗，而也確實得到了豐碩的研究成果。

吸血族的不死性極強，只要非傷到要害部位，無論是在如何的傷害下大致能倖存。也因此，看似已經傷重至無路可逃，卻仍是會被其逃過一劫。

從前，坦普絲對於這份恨意深信不疑，同樣認為吸血族是罪惡的種族，是應該被消滅的存在，尤其在確認其與月亮的靠近有直接關連後，更是相信唯有抹殺吸血族的末裔，這個世界方能迎向美好的未來。

但在這漫長的時光中，她開始對於最初的信念產生了質疑。

為什麼——

「我可以進去嗎？」

敲門聲響起，外邊傳來所長的聲音，坦普絲立刻站起身來，按下開門的按鍵。

她恭敬地向面前的綠髮男子鞠躬，「所長好，您找我所為何事？」

面前這人是塞恩提亞的領導者，機構的所長，同時也是培育她這個異能者的主要對象，某種方面而言，可說是父親般的存在。

「妳看起來很疲憊，需要讓部門優化妳的晶片嗎？」所長微笑，坐到書櫃旁的椅子上，雙手交疊於腿上，姿態優雅。

「不需要，我只是在思考一些事。」坦普絲輕輕搖頭。

「打算說出來嗎？」所長挑眉，如此問道。

坦普絲明白，面前這男人心思深沉。她知道所長對她的態度相較機構裡的員工要好上許多，可她也曉得，比起這份近似於親情的羈絆，所長更多是以利用的角度看待她的，將她當成了完成目標不可或缺的重要工具。

「我有幾個問題，希望您能回答我。」她仍是那樣的面無表情，可與此同時也深呼吸了口氣。

從前沒問出口的事，她想交由這握有一切權力與秘密的男人替她解答。

「儘管問。」所長勾起唇角，神情從容。

坦普絲瞥了眼方才用來研究資料的電腦，難得蹙起眉頭。

為什麼當初的人類不找出與吸血族和平共存的方法？

明明應該有這樣的辦法，明明不需要滅絕這個種族的。

即便他們如此未知而令人恐懼，可畢竟他們並沒有造成人類的生命威脅。

然而又是為什麼，直到吸血族僅存最後一人時，月亮才開始靠近地球？這是不是對於世界的報復呢？

如果沒有將他們殺絕，會不會有可能末日的危機就不會發生？

坦普絲將心裡的疑惑問了出口。

就算是上一次的輪迴所發生的對話，坦普絲至今仍記得一清二楚，可如今再度想來，她的心態也有所不同。

當初得到答案時縈繞心頭的情緒是困惑與徬徨，如今則是滿溢的悲傷與憎恨。

「坦普絲，這個問題並沒有意義。」當時，所長的眼神透露一絲詫異，明白眼前女孩已不是當初那一無所知，全然聽命於機構的孩子了。

「『為什麼』、『如果』，但妳明白嗎？我們無從得知過去，無法回到那遙遠的曾經，歷史已然鑄成，現在什麼假設都是沒有意義的，除非妳的能力不僅止於此。」所長拉了拉左手的白手套，語氣仍是那般平穩，「無論如何，目前的我們解決問題唯一的途徑，便是找出吸血鬼的末裔並殺了他。」

坦普絲垂眸，緊緊揪著衣襬，一語不發地盯著潔白的地面瞧。

僅僅是生而為吸血族便要面臨被殺戮的命運……

「我現在做的事，究竟是為了……」她欲言又止，後頭沒說完的話被所長接續：「為了拯救世界。」

這樣扭曲而毫無道理可言的世界，真的有必須被拯救的價值嗎？

為了確保大多數人的生命與利益，為了世界的安寧……吸血族的罪孽真的深重至這般地步嗎？

「無需猶豫、無需徬徨，相信著我們的信念與願望，妳將會成為英雄，或者說——救世主。」所長站起身來，挑起坦普絲的下巴，「我們做的絕非惡事，甚至相反，是能夠被百代後的世人所讚頌的功績。」

坦普絲抿著唇，不曉得對於自己曾奉為圭臬的價值觀，如今是否依然該堅信不移。

「早點休息，別思考這些沒有意義的問題，妳唯一該做的便是找到目標，除此之外都不需在意。」所長輕輕拍了拍她的髮頂，準備步出她的臥房，卻在下一刻被她叫住。

「雖然這只是假設，或許也是所謂『無意義』的問題，可若吸血族的末裔是您的朋友、您的家人……您的妻子的話，所長有辦法下殺手嗎？」她嚥了嚥口水，語氣小心翼翼。

坦普絲知曉，所長曾經有個深愛不已的妻子，然而卻在十年前病逝，所長室的牆上仍擺著兩人的合照，甚至三年前塞恩提亞發現的小行星也是以所長妻子的名諱來命名。

「同樣的話我不喜歡說第二次。」所長轉身，表情褪去了平時的優雅從容，蒙上了一層冷峻的氣息，「別思考這些沒有意義的問題。」

即便如此，他的內心仍是在離開坦普絲的臥室後浮現出了答案。

如果他所深愛的妻子是這樣的存在，如果僅存的選擇只有一人孤獨地死去或者全世界的滅亡……

若真是如此，那他會全然依照對方的心願行事。

☾

午休時間，坦普絲沒有待在教室休息，也沒有如機構所願利用閒暇時間調查這所高中的學生，而是趁機拉著路那至校門附近的空地去玩雪。

近日的降雪造成了頗有厚度的積雪，雪地上刻著兩人行經的足跡，坦普絲看著覺得有趣，便跟在路那身後，往他踩過的印記踏下。

找到合適的地方後，兩人便蹲下身來，路那提議要堆雪人，而她自然也是樂意地答應了。

「我沒堆過雪人。」在有模有樣地照著身旁男孩堆出的球體而仿造一個差不多的後，坦普絲如此咕噥著。

路那瞪大眼睛，顯然很是詫異，對於身在這個國家，甚至之前還是生活在高海拔地區的坦普絲居然沒堆過雪人感到不可置信。

「真——的。」坦普絲一笑，看著自己末端有些發紅的手指。

過往的輪迴，空閒時間她幾乎全用來調查情報，而也無法在外逗留太久，返回機構後她更是沒有所謂自由。

至於從前在機構長大的那些時光，她從未踏出室內一步，只能透過玻璃窗遙望外頭雪景，更遑論實際觸碰，甚至堆雪人這種行為了。

「那妳挺有天份的呢。」路那如此稱讚，兩人在同一個瞬間相視而笑。

看著路那專心地堆雪人，甚至還跑到附近收集落下來的枯枝，坦普絲勾起了唇角，想著兩人在此次輪迴中相識的日子也不短了，若說出口應該不至於太突兀才是。

「路那，問你哦。」她表面上像是在堆雪人，實則心不在焉地盯著身旁男孩的側顏瞧，「你有喜歡的人嗎？」

她強忍著心底的緊張與羞澀，故作自然地問，導致路那沒有立刻發現不對勁。

「什、什麼？」當路那反應過來時，他的耳根泛上了一層淡淡的紅，他往女孩的方向覷了幾眼，「怎麼忽然……這麼問？」

「因為我想知道嘛。」她抱著膝，望著他的臉龐稍稍歪著，帶著點她這般殘破不堪的靈魂不該有的天真可愛，「我有喜歡的人喔。」

「哎？」路那倒抽了一口氣，由於吸入過多的寒氣而感到不適，稍稍咳了幾聲。

「要不要猜猜看是誰？」坦普絲眨眨眼，見他這般可愛的反應，不禁笑出了聲。

路那沒有馬上回覆，於是她拉了拉對方的袖口，模樣如同在撒嬌般，「猜嘛。」

路那遲疑許久，表情有些不願，卻仍是耐不過她的要求，「我們班的？」

見她毫不猶豫地點頭，他稍稍垂下頭來，沒察覺自己的表情有些不對勁。

他腦中浮現了幾位在班上較為活躍的人物，一一把他們的名字都唸了出來，卻都得到坦普絲否定的答案。

「才不是呢。」坦普絲稍稍噘起嘴，同時也明白了路那對於自己似乎不怎麼有自信。

「不猜了。」路那聳聳肩，輕嘆了口氣。

此刻，坦普絲堆好了屬於自己的第一個雪人，將剛蒐集來的兩根樹枝插上雪人的身體兩側──

「我喜歡你喔。」她稍稍闔上眼，露出了一抹淺笑。

終於能再次將自己的心意說出口。

她睜開眼，對上了路那不可置信的表情，不禁捂著嘴笑了出來。

「騙──」

「不是騙你，不是開玩笑，是真的，這就是我的心意。」她抱著膝，身子前靠了幾分，往路那的方向傾，「你呢？」

——你喜歡我嗎？

表面看似從容不迫，可她實在無法想像，若路那說了自己有另外喜歡的人，自己會是怎樣的反應。

「我、我不曉得這是不是喜歡，畢竟我們也才認識不久，但應該……有一點好感也說不定。」路那見她靠近，往後退了幾分，別開眼回覆。

坦普絲捂著臉，趁隙將險些奪眶而出的淚水給吸回去，待拿下手掌後，路那看到的是一張無比迷人的笑靨。

「因為是第一個親近的朋友嗎？」在恢復冷靜後，路那這麼問，語氣仍有些不自在。

「如果我說是一見鍾情，你相信嗎？」坦普絲漾開了笑顏，銀白的髮絲在寒風中飄揚，與周圍的雪景融為一體。

「是嗎……」路那拍了拍自己的雙頰。

鐘聲響起，兩人同時站起身來，準備往教室的方向走，方才他們堆的雪人仍留在原地。

在走上樓梯前，凝望著路那背影的坦普絲忽然加快了腳步，上前伸出雙手，自背後環住了他的腰。

「就算——」她闔上眼，眼角滲出了一行淚水，「就算你不喜歡我也沒關係，我只是想讓你知道這份心意。」

這份心意、這份喜歡、這份刻骨銘心的愛——她想傳達至路那的心底，想讓他明白，有一個人這樣愛著他。

義無反顧地選擇背叛這個世界，為的不過是她深愛的男孩，僅此而已。

「我唯一想做的就是陪在你身邊。」她攬著路那的力道加大了些，嘴角揚起的是既悲傷卻又無比滿足的笑，「所以，請你不要跟我疏遠，請讓我一直待在你身旁。」

請讓我與你享受這樣簡單而幸福的日常時光，直到世界末日來臨。

☾

若要問坦普絲對於路那的感情從何時起發酵，或許已無從追溯，可她仍記得清楚感受到左胸口心跳的瞬間，那是約莫三個月前的事。

當時，將近一個多月的努力，坦普絲好不容易向機構交出了一份可疑名單，那是她花費許多時間心力，綜合了許多次輪迴的經驗才推測出的可疑對象，然而，塞恩提亞卻在對那些人進行檢查後，沒有發現一絲異常。

換句話說，她這些日子以來所做的調查全都是徒勞，一如之前的九十八次輪迴。

她只能不停的面對失敗，面對著沒有人知曉終點為何處的無盡輪迴，反覆不斷地，被囚禁在這世界滅亡前的三個月中無法逃離。

沒有人知曉她的孤獨與寂寞，沒有人明白她漫長時間內獨自一人做了多少努力。

縱然起初的她是個聽命於機構，毫無感情可言的人偶，可這麼多年過去，她要如何才能不萌生某些不必要的情感與意識？

想要放棄、累了——她當然也這麼想過，可她也知道，拯救世界的重擔背負在她身上，無論再如何身心俱疲，她都必須將這條漫漫長路走下去。

否則她活著還有什麼意義呢？

不過，偶爾她也仍是想要休息一下，得到些許喘息的空間。

就好比這時，雖然名義上跟機構稟報的是「留校調查」，可實際上，她只不過是漫無目的地在夜晚的校園裡頭閒晃罷了。

她孤身一人踩在舊校舍的走廊上，偶爾停下來倚著一旁的欄杆，遙望在微弱燈光照耀下閃爍的雪花，想著這無止盡的冬日究竟要持續到何時。

或許這次，她又將再度迎來終焉之時，親眼見證世界滅亡的前一刻，而後發動她的異能，啟動時空的回溯與切割。

坦普絲聽到了一陣琴聲。

那是一段悲傷卻又溫柔的旋律，如同夜空中緩緩飄揚而下的細雪，如同……那高懸於穹頂的血色明月。

她恍神了幾秒，後知後覺地才發現走廊盡頭的教室透出些許暖色光芒，想必是有人在那間音樂教室裡頭彈琴。

明明與她無關，可坦普絲仍鬼使神差般地朝樂聲的方向走去，想要一探究竟。

抵達後，她靜悄悄地轉開音樂教室的後門，琴聲更加明朗，她眼中瞧見了男孩的背影。

她沒打算出聲，而是默默地靠在牆邊，欣賞這首她希望永遠不要結束的曲子。

她忽然憶起了前幾日在機構時，自己與工作人員的對話。

那時的她正準備返回寢室休息，而在經過第一實驗室時，懷著有些好奇的心思進了裡頭，看著實驗室內大大小小的「艙」，接著走向了編號一〇七的位置，詢問負責管理的工作人員。

「一〇七號的情況如何？」她望著半透明、隱約能透出些許輪廓的艙問。

艙內的人影被接上了大大小小的線路，螢幕上顯示著她的身體數值及各項坦普絲仍無法理解的資訊。

「還是有許多待調整的機能啊……」對方向後仰，長嘆了一口氣，「抱歉啊，這次的輪迴大概也只能依靠妳一個人了。」

果然。

坦普絲表示明白了後，沒有再出聲，默默離開了實驗室裡頭。

回到寢室後，她躺在床鋪上，向潔白的天花板稍稍伸出手來。

在前幾次的時空回溯中，她從未實際與一〇七號實驗體接觸，更無法從任何人口中得知對方的異能，就算經過了如此漫長的輪迴，她仍是連一點線索也沒有。

她只是希望有誰來分擔自己的責任。

救世主、英雄……這些輝煌響亮的稱號她不想要呀，時空回溯的異能她也不需要，她只想做為一個普通人，在這世上自由自在地活罷了。

每當放學時，她總能聽見身旁的同學相約要去哪裡逛街、去誰家打電動的私語，然而她只能拒絕一個又一個的邀約，獨自於學校裡、於鎮上持續調查吸血族末裔的相關線索。

虎口的定位晶片是塞恩提亞為掌握她的行蹤所裝，可如今在她眼中，卻猶如項圈般勒住了她的自由。

如此簡單的願望，想成為一個普通人的願望，在世界獲得安寧前她都無法獲得——

最後一個音落下，琴聲停了。

曲子的終結將她的思緒拉回現實，她正打算一句話也不說地離開，卻對上了轉身後凝視著她的雙眸。

她愣愣地望著面前的路那，下一個瞬間，教室內的燈光暗下，是晚間校園固定斷電的時刻到了。

教室內僅餘下自窗外透進來的淡淡月光，柔和地映在路那右方的側顏。

路那笑了，輕輕勾起一抹笑容，也沒有問她為何而來。

於此刻，坦普絲第一次感受到了何謂時間靜止，縱然時間一分一秒地不斷流逝著，可兩人四目相交的瞬間，她卻覺得比任何永恆都還要漫長。

左胸口的鼓動越發強烈，在無邊的寧靜中，她甚至擔心著路那是否會聽見她的心跳聲。

「你……」她嚥下口水，率先出聲，「你剛剛彈的是什麼曲子？」

路那起身，走到了她身旁，示意坦普絲與自己至走廊上一同仰望夜空。

「月光曲。」他輕聲回答，「我彈得如何？」

「還不錯。」她垂眸，感到有些不自在。

「每次彈這首曲子，我就會覺得自己似乎與這個世界融為一體了，就好像……世界上所有人的悲傷與幸福都聚集到了我身上。」路那凝望著赤月，暗紅色雙眸內的光與月光相互輝映，「然後大家都不在了，只剩下我一個人，剩下我孤身一人，站在最高的山巔上仰望著月亮。」

坦普絲靜靜地聽著他訴說自己演奏時的感受，偶爾側身望著他的側顏，在不知不覺中已逐漸沉淪。

「妳有心事嗎？剛剛的妳表情似乎不太好。」路那淺笑，「如果不介意，我能聽妳說。」

「月亮也可以跟我一起聽。」他指著月亮，補充了這麼一句。

「沒什麼。」坦普絲輕輕搖頭，不可以、也不願意讓他人無端承受她的情緒，這些日子來的孤獨寂寞、被困住的不自由，她只得一個人默默承受。

路那的表情仍是那一貫的溫柔，「那，妳聽我說心事如何？」

坦普絲眨了眨眼，顯然很意外自己居然會被他人當作傾訴的對象，如今這個人是路那，她雖有些害臊，可自然也是樂意的。

「嗯……」她別開眼，臉頰有些燥熱。

路那有些失神地望著她不自在的神情，畢竟他是第一次見坦普絲這般模樣。從前，她的面容總毫無波瀾，也不特別與誰有所來往。

「不知道為什麼，從小時候開始，我就莫名地被月亮吸引，每天都要抬頭看好幾次。」路那將視線移回了夜空，「原本我沒太過在意，但隨著年紀越大、隨著月亮越靠近，這種現象越來越嚴重，我甚至可以一整堂課都望著窗外的月亮發呆。」

「我最近常常夢到月球與地球相撞，大家都死了，世界崩壞了，只有我好好的，最後朝月亮伸出手。」路那苦笑，「我有時候都會懷疑，是不是我跟月亮之間有什麼連結……哈，我亂說的，妳別當真。」

在他人耳裡，或許路那的言論猶如夢囈般荒謬無比，不必太過在意，可坦普絲聽來只覺得惶恐。

她再度與路那對上眼，在月色下男孩的表情如此柔和，使她不願意，也不敢去相信那悄悄浮現的可能性。

她彷彿能感覺自己全身的血液都在沸騰。

如果說……

如果說，路那就是所謂吸血族的末裔呢？

自那日月夜下的對談後，坦普絲便展開了對於路那的調查。

她從前並非將他排除於調查對象外，只不過其他人的可疑程度相較他而言高了許多。可如今路那卻道出了那番極其複雜的言論，讓她不得不往這般方向去思考。

雖說透過機構的設備與情報來調查進度會迅速許多，不過與之相對，這也會使路那相關資訊的痕跡被賽恩提亞的工作人員所注意到，這是她所不樂見的。

——如果說路那就是吸血族的末裔，她該如何是好？

近日，坦普絲不斷地反覆思索這個問題，卻始終得不出一個明確的答案。若換作以前，她必定會毫不猶豫地得出將其抹殺的結論，但現在的她卻無比徬徨。

於是她只能安慰自己，不會的，路那不會是吸血族的末裔，一切都只是巧合。

為了證明這點，為了早日安心，她更努力地想挖掘出真相，卻隨著愈加朝答案靠近，陷入更深的不安與擔憂之中。

路那是被領養的，現在的家庭並非他的原生父母。在七歲那年，他被一對中年無子的夫妻所領養，離開了育幼院。

據路那親口表示，他是被丟在育幼院門口的孩子，而監視器也無法發現任何將他拋棄之人的線索。至於他的生日，育幼院將發現他的那天做為他的出生日期，而在世界毀滅來臨之前，路那也尚未年滿十八歲。

在得知路那名義上的生日後，坦普絲回到機構便立馬調閱出了記載關於吸血族的機密資料。

資料顯示，十七年前，在路那生日後的第二天，發現了兩名成年的吸血族男女，於是機構便奉命將其所消滅。

同時，月球於那刻起便被觀察到正朝地球靠近，且隨年月流逝速度漸增。

在詳細調查兩人的身分後，塞恩提亞發現兩人是一對伴侶，且女方的身體顯然剛經歷孕期，機構研判，兩人所生下來的孩子便是吸血族最後的血脈。

坦普絲關上電腦，向後仰並闔上眼，長嘆了一口氣。

她開始展開連自己也不願相信最終結果的推測。

當年，路那的父母被追殺，為了不讓孩子被發現真實身分，而將其拋棄，確保路那成年前的人身安全。

是這樣嗎……

她的呼吸愈發急促，她緊緊捂著胸口，不願意去接受這般合理的來龍去脈。

——還沒有確切的證據。

一切都只是推測而已，說不定只是巧合，說不定……有其他人有與他相似的經歷。

有生以來第一次，坦普絲感到如此害怕。

☾

「路那！」見身旁的男孩又不自覺於課堂上被窗外的月亮所吸引視線，坦普絲拉了拉他的袖子，試圖將他的注意力喚回。

路那這才回過頭，摸摸後腦勺後笑了笑，「抱歉，我又恍神了，怎麼了嗎？」

「沒事。」坦普絲失笑，接著便也撐著臉望向外頭微微散發紅色光芒的月球，「我也喜歡看月亮，月亮很溫柔呀，跟你一樣。」

「妳……」又來了。路那低頭遮了遮自己的臉，對於坦普絲總能泰然自若地說出這令人害臊的言論而感到不自在。

月亮很溫柔……是嗎？

他看著空中那逐漸靠近的月亮，明明正常而言，對於逐漸改變的世界，人民應該至少感到些許恐慌，可路那卻從不這麼認為，反而還對於月亮的靠近有種無以名狀的安心。

他不曉得這種異樣感為何。

「坦普絲，如果……我只是做個假設，如果就像月球因為不明原因靠近一樣，到時候月球也因為不明原因而不受洛希極限的影響，就這樣與地球相撞……」路那一字一句說得小心翼翼，「妳覺得有可能嗎？」

坦普絲愣了下，隨即勾起一抹苦澀的笑容。她明白，無論如何，縱然她努力想要為路那建構起無害的溫室，仍是無法驅除他對於月球的好奇。

「這樣一來，就會迎來世界末日了。」她答，「我想這也不是不可能的事，誰知道真相是什麼呢？」

「老實說，我最近常常夢到相同的夢。」路那垂眸，表情有些無精打采，「我夢到了世界末日真的發生了，所有人都不在了……妳也不在了，只剩我一個人仰望月球。」

他握緊拳頭，「甚至有時候，我也會夢到……夢到我被殺了。」

見他神情不安，坦普絲將手覆上他的，而後趁著其他同學都專心上課時，將他擁入懷中，下巴抵著他的肩。

「路那，不會的，你的夢境不會成真，你不會一個人留下，不會一個人死去。」她啞著聲，同樣在壓抑自己的情緒，「我會陪你，無論發生了什麼，我都會在你身邊。」

這便是她如今身在此刻的理由。

第二章　永恆之雪

近日又迎來一波連續降雪，眾人視野中的月亮由於飄雪的遮蔽而稍嫌朦朧，看來竟也不那麼懾人了些。

在路那向坦普絲傾訴自己心中的不安與恐慌後，她便想盡辦法讓他轉移注意力，一向不擅長與人相處的她為了路那，再如何也得努力逗他開心。

而她的一切作為雖說有點笨拙，可看在路那眼中也莫名的可愛，心中的大石也稍稍放下，暫時釋懷了些。

對此，坦普絲也感到放心，畢竟這一次的輪迴，她由衷盼望路那不需要為此而擔心。縱然最終將迎來世界末日，她也希望剩下的每一日都能不受叨擾，與路那一同度過餘下的美好時光。

轉眼間便來到放學時分，自從與路那再次重逢的那刻起，她總覺光陰流轉迅速，彷彿終點也不過近在眼前，沒剩多少時間了。

「路那！」兩名女同學相偕走到路那的位置身旁，短髮女孩發話：「待會凱約我們去遊樂場射擊，我想著你也許久沒跟我們一起玩了，要不要一起去？」

一旁，正在收拾桌面的坦普絲停下了動作，稍稍抬起頭來打量面前女孩。

「的確呢。」路那眨眨眼後回答，露出一抹淺笑，「好一陣子沒有跟你們約出去了，等我收拾書包。」

「太棒了！」另一名女孩合掌，表情欣喜，接著將視線移到坦普絲身上，「坦普絲，妳要不要一起去？妳轉學到現在都只跟路那親近，我們要吃醋了呀。」

「是呀，我一直都想跟妳好好聊天呢！」短髮女孩用力點點頭，眸子裡的光無比真誠。

坦普絲薄唇輕啟，想要說些什麼，在此之前先側身看了路那一眼。

路那微微歪頭，嘴角的弧度猶如新月，似乎也在盼著她能答應。

「……抱歉。」她垂眸，「我待會有事，可能沒辦法答應。」

她多麼想在離開校園後，還能待在路那身旁呀。

她眼神黯淡，想著自己的行蹤全被塞恩提亞掌握，在執行重要任務之際，機構是不會允許她進行非必要行為的。

當初會將她轉進這所校園裡頭，也不過是因這所學校是這片區域學生人數最多的地方，她能夠透過這樣一個學生身分在課外時間進行調查罷了，並不是真想讓她來這兒學習。

雖說她已決心在此次輪迴享受與路那共度的平和日常，可偶爾她也是必須做做樣子，拿出些虛假的成果來，這樣才好向機構交代。

「哎，好可惜呀……」短髮女孩嘟嘴，隨即再度揚起一抹純真的笑，「那改天有機會妳再跟我們一起去！」

路那的表情在一瞬間有那麼些失落，可下一刻又恢復了那副平靜溫柔的面容。他背起書包，接著跟在兩位女孩身後，離開前還特意向坦普絲說了聲「明天見」。

「明天……見。」她有些逞強地勾起淺笑，朝著男孩輕輕揮手。

她望著他離去的背影，左胸口除了難受之外，尚有些莫名的感受。

從前她沒特別注意路那與他人的互動，而這次的輪迴至今為止，路那也因把許多時間花在她身上而較少與同學們往來，如今她這才發現路那在班上也有幾個要好的對象。

是呀，路那不是只有她，路那有他的家人、他的朋友。

可她卻只有路那了。

雪地上，坦普絲反覆告誡自己不能起貪念，能擁有現在這樣奇蹟般的日常，她就應該要知足了。

可她還是為著自己並不是路那的唯一而感到有些……有些不是滋味。

她從沒體會過這樣的感覺，也為此覺得不可思議，想著原來愛一個人有如此多的面向，並不是僅有那一種刻骨銘心的方式。

離開學校後，她並無立刻返回機構，也沒有在校園裡頭逗留，而是來到附近一座小公園，蹲下身來將地上的積雪堆成小丘。

飄落的雪花停在她銀白的細髮上，與之融為一體，她抬頭仰望那朦朧不清的月，輕輕哈了口氣。

——不曉得路那現在玩得還開心嗎？

會比同她待在一起時還開心嗎？

說來，自己在路那心中究竟有著怎樣的位置呢？

她從前不太會為某個問題困擾，畢竟機構在她腦內植入的晶片有助於資訊統整及運算，她只需多想幾刻便能推理出答案，可如今情感方面無法用常理來推斷的問題，她實在應付不來。

思緒一亂，連堆出來的東西都一塌糊塗，原先想轉換心情再度嘗試堆雪人的，可沒了路那在身旁，她連一個球體也堆不好，更別提雪人了。

耳邊忽然傳來嗶嗶聲，她瞄了眼腕上帶著的手環，按下了確認按鈕，她明白那是機構請求通訊的許可。

「坦普絲，妳在公園待了一陣子，那邊有什麼重要的人事物或者線索嗎？」

雖說賽恩提亞的技術先進，可政府並沒有賦予其過大的權力，因此他們無法透過任何非機構的監視器來監控人民的生活，能夠知曉的只有坦普絲的蹤跡。

「只有我一個人。」她誠實回答，想著這倒也不必說謊。

「理由？」

「得到了一些新資訊，想在外頭整理完再返回機構。」她的語氣漠然，如同毫無感情的機器人。

倒也沒說錯。

「收到，希望妳今日返回能提供豐富的資料。」另一頭的工作人員應聲，「那我切斷通訊了。」

希望他們別察覺什麼不對勁才好。

待確認聯繫確實斷開後，坦普絲深深嘆了口氣，也沒心情再堆雪人，拍掉了一旁鞦韆坐墊上的積雪，坐在上頭輕晃。

隨著天邊夕日隱沒於地平線，街燈路燈也陸續亮起，坦普絲倚著有些鏽斑的冰冷鐵鏈，遙望夜空中的赤紅明月。

隨著終焉之日將近，世人眼中的月亮也逐漸放大，如今已經到了想忽視也無法的地步了。

待了一陣，坦普絲有些乏了，便起身，準備聯絡機構將她載返賽恩提亞。

當她按下通訊的前一刻，身後忽然傳來一陣腳步聲——

「坦普絲。」身著駝色大衣的路那手插口袋，臉頰凍的有些發紅，可仍是能瞧見那溫柔的笑容。

「路……路那。」她楞楞地開口，表情有些不可置信。

路那朝她走近，隨後伸手拍掉了她髮絲上的殘雪。

他沒有問她為何一個人在這，也沒問為何她說了自己有事，卻是跑到公園來待著。

坦普絲也沒問他為何會在這兒。

「如果沒有我，妳是不是就孤單一個人了？」他柔聲問，手仍覆在她髮頂。

坦普絲垂眸。

「直到今天我才發現，你身邊有其他人在。」她輕聲道，「但我只有你了。」

她只有路那了。

沒了路那，她便一無所有，生存的意義也將不復存在。

「坦普絲，不能這樣的呀。」他如同在哄小孩似的，與安撫幼童時不同的是，他因著她這番話而臉紅了。

「妳也去多多認識人吧。」他勸，「班上的大家都是好人，他們都很想親近——」

「我只要你。」坦普絲抬頭，對上他那雙暗紅眸子。

她只有路那，她只要路那。

其他別的都無所謂，她一點也不在乎。

路那頓了幾秒，也不曉得是由於天氣或者害臊而耳根泛紅。他摸摸後腦勺，有些難為情，「怎麼這樣……」

如珍稀寶石般青綠色的眼瞳透出堅毅的光，路那在那眸中看到了自己。

與此同時，他也有些煩惱。

——如此龐大的心意，他究竟該以何為報呢？

☾

由於連日降雪，鎮上已許久沒有見得晴天，這樣不方便出外的天氣，人們便開始討論瑣碎的議題，電視上時常能看見以月亮為主題的新聞播報，談話節目也會邀請幾位來賓分享自己的看法。

這也成了同學們休閒時間的話題，坦普絲經常聽見身旁同學們談論的聲音，她本沒太大在意，可後來，她發覺路那總興致勃勃地參與其中。

「新聞說月球靠近到一個距離後就會開始解體，那這樣……我們以後不就看不到月亮了嗎？」

「對欸，而且科普文章都說月球的碎屑會變成地球的環，這樣未來抬頭看到的天空不就會多一條環嗎？超酷！」

「話說這樣不就沒有潮汐變化了嗎？這樣生態上也會造成另一波衝擊吧？」

「沒有了月球的影響，之前被淹沒的土地就能重新使用，這樣一來我們就不用再擔心資源枯竭了。」

有時候坦普絲總思索著，究竟是像同學們那般無知地朝毀滅前進才較為舒坦，還是如同她一般，知曉了一切秘密與結局後，才能因事先做好心理準備而不至於那麼錯愕呢？

「又一個人待在位置上了呢。」下課時分，路那被朋友們拉去聊天，結束後到坦普絲的位置前方，敲了敲她的桌子。

「因為我只想跟你親近呀。」坦普絲毫不害臊，衝著他笑得燦爛。

她撐著下巴，稍稍傾著臉，純粹的笑容中不帶一絲瑕疵，比外頭的雪花要來的乾淨許多。

「妳……」路那喉頭滾了滾，臉頰有些發紅，「妳太直接了。」

坦普絲覺得路那害羞的模樣很有趣。

這是過去的她從未見識過的模樣，從前，會因對方的言詞而感到動搖的反而是她，路那總從容地表達自己的內心。

「我喜歡待在你身邊，只要跟你在一起，我就會很開心。」她撐著桌面，站起身來，兩人的距離霎時拉近許多，「路那，我喜歡你。」

一百次、一千次，甚至要她說一萬次都不嫌多。

路那稍稍別開眼，清了清喉嚨後問：「妳中午有空嗎？」

坦普絲點點頭。

「妳會彈琴嗎？」

她誠實地搖搖頭——賽恩提亞對她的教育裡頭，從來就不包括這樣的項目。

聽見這問題，讓她回想起了當初為路那所傾心的夜，她聽著他彈月光曲，看著他的身影披上柔和月色，聽著他說出自己的心事。

「那……妳懂音樂嗎？」

她依舊搖頭，「怎麼了？」

雖說所長的其中一個愛好是欣賞古典樂，她時常能聽到他在充滿科技感裝潢的所長室內播放鋼琴或交響曲，可她對其並沒有太大的興趣，也不被允許對那些與使命無關的事物產生慾望。

「如果可以的話，想請妳陪我去音樂教室一趟。」路那深呼吸一口氣後道，「有些事想告訴妳，也有想要彈給妳聽的曲子。」

坦普絲眨了眨眼，「月光曲？」

「咦？」路那偏頭，神情疑惑。

「啊……不，沒事。」坦普絲笑了笑，隨即用力點點頭，樂意地應允對方的邀約。

路那想彈給她的是什麼樣的曲子呢？

而想要告訴她的事，又會是什麼呢？

午飯過後，坦普絲雀躍地跟在路那身後，兩人一同前往位於舊校舍走廊盡頭的音樂教室。

胸口滿懷著期待，於她而言與路那一同待著的每分每秒已足夠珍貴，她從未奢望自己能再度聽到那溫柔的琴聲。

「其實呀，我是被拋棄在育幼院門口的小孩。」路那忽然講出自己的身世，讓坦普絲有些詫異。

可她早就知曉了。

「五歲的時候我被一對夫妻領養了，他們對我很好，也讓我學鋼琴，直到國中畢業。」他勾起唇角，對此不感到一絲悲傷，「不過去年他們兩人離婚了，母親帶我離開家裡。新的住處沒有鋼琴，所以我常常在學校彈。」

見坦普絲沒有回應，路那還以為她覺得莫名其妙，於是有些慌張，「抱歉，我突然提起了這種奇怪的事。」

坦普絲搖搖頭，「不奇怪喔，只要是你說的事，我全部都有興趣。」

路那倒抽了口氣，一整個上午好不容易建立的自信與從容僅存無幾。

推開音樂教室的門，路那拉開了窗簾，原先想透過自然光照明，無奈天氣不理想，只得按下電燈開關。

「坦普絲，妳……想坐哪？」路那看著面前眾多的座椅問道。

「最靠近你的地方。」她微微一笑，也沒發覺面前男孩因為她這番話而心跳加速。

「鋼琴椅有點小，可能擠不下兩個人……」路那轉過身去，選定了最前排的位置，「就坐這兒吧。」

坦普絲也沒打算再捉弄他，乖乖地照著他指示坐下。

路那掀開了鋼琴頂蓋，接著坐上皮製座椅。確認一切都準備就緒後，他稍稍側身問：

「那……我要彈了？」

坦普絲興奮地點點頭，還捧場地送上了掌聲。

路那的指尖撫上琴鍵，隨著第一個音符流淌而出，優美的旋律在教室內迴響，編織成一段無比美好的幻夢。

坦普絲認真聆聽，視線也凝視著路那專注的側顏，不願移開半分，想盡可能地將他的任何模樣都銘刻在心上。

她不曉得路那演奏的是什麼曲子，也無法評判他的技巧是否高超，可從這段旋律裡頭，她能感受到路那投注於其中的情感，那是再溫柔不過的心意。

當最後一個音落下，路那鬆了口氣，暗暗慶幸自己方才的表現還算不錯。

坦普絲送上了熱烈的掌聲，「好厲害，我覺得很好聽喔！」

她的眼神誠懇，語氣真誠，讓路那將方才遺落在路上的自信給稍稍找了回來。

「坦普絲。」他喚，嗓音也如同方才的旋律般柔和。

女孩凝視著他，露出一抹笑，期待著他會說出怎樣的話語。

「其實我這陣子想了很久，前幾天才終於下定決心。」他起身，走至她面前，微微彎下身來，「我喜歡妳。」

猶如時間靜止。

坦普絲望著他，什麼反應也沒給，更別說是口頭上的回覆。

「剛剛那首曲子是我對妳的告白。」路那淺笑，「所以說……我們要不要試著交往看看？」

坦普絲終於做出反應，可路那怎麼也沒料想到，他居然瞧見她流淚的模樣。

「抱歉，我嚇到妳了嗎？怎麼了？」路那慌張地問，手邊也沒面紙，他只得笨拙地用手拂去她的淚水。

女孩搖搖頭，下一秒站起身來，張開雙手緊緊擁著他，眼淚沒有止息的跡象。

「謝謝你，路那，謝謝你。」坦普絲靠著對方的胸膛，感受他懷中的溫暖。

謝謝你讓我擁有再一次與你相戀的機會。

直到最後，她都會用生命來保護路那的。

☾

距離世界末日來臨尚有五十天。

前陣子，坦普絲原先以為一〇七號實驗體會如同所長所言如期啟動，可後來似乎是有一些身體機能尚需強化，便將其從「艙」解放的日期延後了些，是距今兩個禮拜後。

而在一〇七號被解放的隔日，便是機構對她進行例行機能優化與調整的日子。身為擁有異能的人工嬰兒，她的身體狀況有諸多不確定或者無法掌控的因素，必須定期檢查並治療可能危害健康的因子。

也因此，所長昨日告訴了坦普絲，會在十六天後安排兩人會面，讓她在此前都別先追問。

「在想什麼呢？」吃完午飯後的空檔，見身旁女孩難得分神，路那輕輕將指腹壓上她的臉頰問。

坦普絲這才將注意力放回現實。

她頓了下，側過臉去後便對上了路那澄澈的目光，原先面無表情的面容勾起了淡淡的笑，左胸口也充盈著幸福。

在路那與她訴說心意的那日，兩人的關係便更進一步。

雖說他們不高調，並無刻意顯擺、四處張揚，可見兩人間互動親密了許多，班上有幾個同學開始起疑，於是他們在一起的事實便越來越多人知曉。

「你猜猜看呀。」她挑眉，含笑的嘴角讓她看來有些俏皮可愛。

只要這樣便足夠，能與路那待在一塊兒，甚至心意相通，已是她最大的幸運。

即便僅餘下最後的五十日，她也要好好珍惜相伴在路那身旁的每一天、每一個小時，每一分每一秒。

她唯一盼著的，便是希望路那直到結局來臨之前，能夠別受到任何傷害，能夠帶著笑容，快快樂樂地度過每一個時刻。

「我沒這麼厲害。」路那懊惱地答，表情困窘，「除非我有超能力，否則猜不到妳心裡想的是什麼。」

聽到「超能力」這詞，坦普絲不禁失笑，輕輕將自己的手掌覆上他的。

「路那，如果有這樣的機會，你會想要怎樣的超能力呢？」她稍稍往身旁傾了些，倚在男孩的手臂上，輕聲問著。

對於路那而言，這是太過不切實際的問題，可他仍是仔細思考了許久。

「雖然這麼說有點奇怪，也似乎不是大家認知中的『超能力』，但……我希望自己擁有一種能力，可以撫平我身邊的人的一切傷痛，從此幸福快樂。」他摸了摸後腦勺，在據實以告後覺得有些害臊。

坦普絲驚呼了聲，同時也在心底感嘆，路那果然是一個如此溫柔的人。

她憶起了自己當年的情況，那是於她而言太過於遙遠的過去。

當她尚年幼時，便被機構告知了自己擁有異能的事實，所長告訴她，這是足以回溯時光的特殊能力，讓她須謹慎以待，不可隨意啟動能力。

十歲的她第一次依照機構的指示啟動了自己的能力。由於活化異能所需能量過於龐大，她必須進到能源室內的「祭壇」上——賽恩提亞如此稱呼。

當她初次發動能力，她的意識脫離了當前的次元，來到她從未觸及的領域，而在那個當下，她便明白了自己該做些什麼，就此返回了一天的時間。

後來，經過多次的實驗與分析計算後，機構判斷她能力的極限便是返回三個月前的時間點，若再多些，極有可能會對大腦產生無法彌補的重創，這是他們所不樂見的。

沉重的宿命擔在她身上，只要無法離開這重複不斷的冬日，她就必須為了拯救世界而不斷前進。

然而，好不容易她此次終於放棄了一切，打算從此捨棄回溯時間的異能，迎接最後的安寧——一〇七號實驗體卻要被放出來了。

坦普絲開始對於這無法掌控的事態感到惶恐，甚至害怕著這樣平凡的日常會就此結束。

一陣寒風透過窗戶縫隙吹進，也順道將她心中紛亂的思緒吹開，她重新定睛看著面前男孩，見他貼心地將窗戶關上，便忍不住莞爾。

方才她雪白的髮絲隨之飄揚，見狀，路那伸出手來，替她將額前的髮撩到耳後去，坦普絲因這樣的觸碰而輕顫了下，心頭卻是滿滿的暖意。

「那妳呢？」路那問，睫毛上下拍了拍，「妳想要有怎樣的超能力？」

曾經，坦普絲偶爾會為著自己的異能而感到憤恨。她無法理解，憑什麼是自己擁有這樣的能力，而又是為什麼她因此必須背負拯救世界的宿命。

在無盡的輪迴中，所有的回憶僅有她一人記住，沒有人理解她那在經歷無數次失敗後已殘破不堪的心。

可如今她卻無比慶幸，為著自己能返回三個月前的時光感到感激，因為如此，她才能重新與路那相遇，再次見到這個她深愛不已的男孩。

思及此，她便覺得，為了這一日的到來，即便她先前重複了一千次、一萬次的輪迴都是無所謂的。

「我想要有強大到足以保護所愛之人的能力。」她勾起一抹苦澀的笑。

「結果我們兩個人說的都不是正經的超能力呢。」路那失笑，坦普絲最喜歡他笑起來的樣子，如同承載了世界上一切純淨美好，是她曾荒蕪的世界裡那束唯一的光。

宣告午休的鐘聲響起，原本吵雜的教室頓時鴉雀無聲，有人趴在桌面上準備睡覺，有人則拿出課本講義來複習。

坦普絲沒有午休的習慣，不如說即便她累了，也不希望與路那在學校的相處時間仍被這無意義的行為壓縮。

路那也沒有，因此兩人到了午休時間時總會離開教室，偶爾到外頭走廊聊天，偶爾到雪地裡頭玩雪，有時坦普絲也會拉著他到音樂教室去彈琴。

這天，由於外頭的降雪和緩了些，路那便提議到外頭空地去走走，而坦普絲自然也很樂意地答應了，無論路那想要做什麼，就算僅僅是坐在教室裡頭什麼也沒做、什麼也沒說，只要待在路那身旁，她便覺得世界無比美好。

「路那，我問你呀。」她的手牽著路那，兩人十指緊扣，雖說路那的手一點也不暖，甚至還非常冰冷，她仍是不介意，反倒牽得很開心。

「嗯。」路那應聲，用空著的另一隻手將脖子上繞著的圍巾往上蓋了些。

「假設……我只是做個假設喔。」她小心翼翼地問，希望別讓身旁的男孩有一絲不安，「如果世界末日真的來臨了，那在結束之前，你會想做些什麼事呢？或者說……怎麼樣才能讓你不留下遺憾？」

路那對於她的一字一句、任何問題都放在心上，甚至總認真思索，坦普絲雖不覺得這是壞事，可偶爾也擔心他會因此而冒出不好的念頭。

比如現在，他原先嘴角掛著的淺笑斂起，原先行進著的步伐也停下，稍稍抬起頭仰望天空。

坦普絲一愣，害怕他是否因而想起那不安的夢境，趕緊出言緩頰：「你不用太認真，如果——」

「想要跟身邊的人好好道別，跟他們道謝，告訴他們『我愛你們』，再不留遺憾地迎接最後的結局。」他緩緩說道，將牽著坦普絲的手握得更緊了些，「還有……」

「還有什麼？」坦普絲歪頭。

路那別開眼，低頭咳了幾聲，語氣有些遲疑，「想要親妳。」

兩人間默了許久，好一陣子都沒有誰先開口。

路那看向低著頭的坦普絲，發覺自己似乎是說錯話了，敲了敲自己的額，懊惱著他怎會如此衝動。

見她終於抬起頭，原本他以為坦普絲是鬧脾氣了，打算訓斥他說話別這麼直接，可他沒想過，自己視線中的面容，竟會是一張淚眼婆娑卻帶著笑容的臉。

「路那。」她輕喚，語氣有些哽咽，有什麼抵在喉頭，她想那是混雜著喜悅與感動的情緒。沒等對方反應，她便揪住了路那胸口的布料，踮起腳尖來，輕輕地在對方唇上印上了一個吻。

路那頓了下，對於她這太過倉促的行動而嚇了一跳，忍不住向後退了幾步，腳邊卻不小心絆到一個窟窿，就這樣重心不穩往後跌，整個人躺到了積雪上頭。

而也因為手仍抓著對方的大衣，坦普絲也跟著一同跌了下去，身軀壓在路那的身上。

「路那，我喜歡你。」她稍稍撐起身子，對身下的男孩再度表白，方才眼眶裡頭打轉著的淚也落在了他的頰上。

路那雙頰漲紅，見她落淚，便立刻伸手撫上她的臉頰，替她拂去晶瑩淚珠，笑著問：「喜歡我有什麼好哭的？」

坦普絲用力搖了搖頭，揉了幾下雙眼，再度恢復那明媚的神情。她凝視著路那的眸，髮絲因重力而垂落在他的臉龐兩側，兩人的姿勢在旁人看來想必很是曖昧。

「我已經幫你了卻一個遺憾了。」她莞爾，「還有什麼想做的事？我會盡力完成的。」

還有什麼想做的事？路那不自在地別開眼，想著心裡那危險的念頭還是別說出來為妙，便找了個「暫時沒有了」的理由搪塞過去。

當坦普絲來到所長室後，只見男人沒如她預期所想坐在沙發或者皮椅上，而是手拿裝著咖啡的瓷杯，正面對落地窗的方向遙望外頭雪景。

當他發覺來人時，便斂起略顯哀傷的神情，輕啜了口已經沒了熱度的濃縮咖啡。

「妳來了。」所長勾起淺笑，示意她坐到沙發上去。

坦普絲點點頭，照他指示坐到皮質沙發上頭，坐姿端正，「所長讓我來這是為了什麼？」

所長沒立刻回應，而是再度將視線移到窗外。她順著對方的目光看去，外頭是一片雪白，座落於高山的賽恩提亞本就較易降雪，一遇到寒冷的冬季，有時連續幾個禮拜都是暴風雪的天氣也不足為奇。

「這場雪哪時候才會停呢？」所長輕喃，眉頭微微蹙起。

坦普絲想了想目前的日期，自腦海中搜索過去的經驗並且進行分析，「有七成的經驗會在五天後暫停，不過一兩天過後又會繼續降雪。」

在報告完後，她抿了抿唇，「這只是基於過往事件做出的判斷，我想不會比研究室給出的數據來的值得信任。」

所長輕哂，接著回過頭來與她對上眼，「我問的是妳記憶中的雪。」

坦普絲頓了幾秒，一時之間想不明白對方話中的含義。

「在妳的記憶中，這場雪下了很久吧，妳告訴我這是第一百次，也就是說……將近二十五年的時間，妳的世界都在下雪。」所長雙手交疊，深邃的眼眸裡頭有著她無法猜測的複雜情緒，「剩多久了？」

她知道對方是明知故問，可她仍是乖乖應聲，「四十五天。」

「四十五天後會迎來春天嗎？還是這場雪會繼續下著？」所長稍稍往後靠，翹起腳來，「坦普絲，妳期待春天的到來嗎？」

聞言，她險些下意識做出否定的答覆，幸虧理智隨後趕上，她輕輕點了點頭。

一切都將終結在這個冬季的最後，沒有人能迎來嶄新的季節。

所長輕嘆了口氣，側過臉去，將視線移至掛在白牆上裱框的相片瞧，「馮思很喜歡春天呢。」

坦普絲稍稍瞪大眼，這才想起，今天是所長妻子的忌日。

如此一來，所長今日為何會如此多愁善感，甚至不為重要的事而喚她來此的原因也得以釐清了。

雖說與那名女性僅互動過幾次，也是在自己尚年幼時，可她仍清楚記得對方的模樣。

在馮思病況變得嚴重而臥病在床前，她偶爾會到機構來與自己的丈夫見面，每當碰上坦普絲便會抽空與她聊聊。

於坦普絲而言，馮思是一名溫柔的女性，有著一頭好看的栗色長捲髮，雖說因疾病纏身而坐著輪椅，面容也有些憔悴、病懨懨的，可仍是不損她半分美麗。

坦普絲同樣凝視著照片。畫面中是一對男女的合照，綠髮男子身著暗藍色西裝，上頭還繡著些許金黃花紋，嘴角含笑，而一旁的女人則是穿著一席優雅的紫色禮服，挽著愛人的手，面容洋溢著幸福。

「馮思不認同機構所為。人工嬰兒、人體實驗，以及從前對於吸血族的追捕……這些都是她無法接受的行為。」所長垂眸，緩緩道出往事，「那時的我只是測量部門的基層員工，沒有任何權力。於是我跟她約好了，若有一天我能掌控賽恩提亞，我必定要將其改革成一個人道機構。」

坦普絲定睛望著他，眼神裡頭帶著一絲詫異與懷疑。畢竟所長接任十幾年的光陰過去，賽恩提亞似乎沒有成為他話中所言，那個理想的模樣。

所長勾起一抹無奈的笑，知曉她心中的疑惑，便繼續說道：「但當我得到了權力，站上了所長的位置那刻，卻正好是毀滅開始後沒多久，也就是當吸血族只剩最後一人時。」

「我別無選擇，為了這個世界的延續，我只能繼續行動，遵照從前的方針。」所長盯著另一面牆上頭的機構標誌，「犧牲少數人而成就多數人，世界便是如此殘酷而不公平。」

這話說得平靜，可聽在坦普絲耳裡無疑是硬生生地將她心上方癒合不久的傷痕再度狠狠剖開，她攢緊了放在腿上的拳頭，希望能藉由這樣的行為讓自己冷靜下來，否則她明白自己絕對會失控的。

她低下頭來，稍稍闔上眼，腦海中浮現了路那的身影——

「而也同樣在這時，妳誕生了，像奇蹟一樣的妳。」所長將目光轉回她身上，眸子裡多了些光彩。

良久的沉默過去，所長再度發話，「坦普絲，我想妳在這漫長的時光中也明白了，吸血族的罪過本不需以命來償還，而我也深知這點……但，已經來不及了。」

傷害已然鑄成，沒有誰能夠挽回一切，目前時間回溯的異能也沒有強大到足以改變這樣的歷史。

「我想，自己必須跟妳道歉才行。很抱歉讓妳非自願地承受這麼多壓力與折磨，只為了解決先人留下的歷史共業。」所長直勾勾地盯著她的眼瞳，語氣無比認真，「或許從前，在被拋棄的那些時間中，妳曾懷疑過自己前進的意義，但我希望妳別想太多，妳並沒有做錯什麼。」

坦普絲面無表情地看著與自己訴說那麼多的所長，即便他句句入理，也確實對大多數世人而言是正確的選擇，可她仍無法接受。

「既然如此。」她語氣平淡，「那你為什麼要違背本意，成為賽恩提亞的所長？」

她知曉，所長並不是一個貪生怕死的傢伙，甚至在妻子離世後，他如同失去了人生意義般，坦普絲從未看過對方由衷感到喜悅的模樣。

這樣的他，為何要成為機構的最高領導者，盡自己所能阻止末日的來臨直到最後一刻？

「因為我所追求的希望在未來。」所長沉默幾秒後答道，也沒打算隱瞞，「我打算進一步研究妳的異能，期望未來某天自己也能擁有，甚至返回的時間能進一步追溯。」

他談著自己的最終目標，那是他十幾年來不斷追求的理想，「如此一來，我能回到馮思離開之前，我能利用我們的研究成果來治癒她。」

他哪在乎什麼世界末日？

在馮思離開後，他本想著一切自己生存的意義也不復存在，可就在那時，他想起了坦普絲這個奇蹟，希望利用她的能力找出讓自己能回到過去的方法。

如果末日來臨，這項計劃將會被徹底中斷，他無法眼睜睜看著可能性毀滅，便只能繼續處於所長的位置，傾機構之力來阻止終焉的到來，說好聽點是拯救世界，可他真正想做的，也只不過是為了在那可能的未來，回到他最深愛的女人仍活著的時候罷了。

坦普絲垂下頭來，諷刺地勾起了唇角。

是呀，他們都是自私的。

所長也是，她也是——他們現在正做的事，即便會迎來截然不同的結局，可總歸來說不都是為了所愛之人嗎？

她曾以為自己必須對抗的是這個世界，是虛偽的正義，可現在看來卻不盡然如此。

既然如此，那她也不必再有任何愧疚了。

畢竟，如今的她也正是為了愛而持續前進呀。

☾

「試想一個情境。」老師拿著觸控筆，在螢幕上簡單畫了張示意圖，「有一段分岔的鐵路，兩個分支上分別站了一個工人與五個工人，這時，有一輛列車正不受控地往五人的方向衝，你手上正好有控制軌道的搖桿，拉下去就能使列車改道，朝著一個人的方向前進——那麼問題來了，你們會如何選擇？」

原本漫不經心聽課的坦普絲稍稍愣了下，因凝望著路那側顏而露出的笑也斂起，她明白老師所言便是世界著名的辯論難題。

班上同學聽到後，包括路那在其中，眸子裡都多了幾分興致，有人跟身旁的同學們一起討論，有人則毫不猶豫地道出答案。

「我會拉下去，為了那五個人的性命而犧牲另一個工人。」

「我？我應該會選擇犧牲那個工人吧，雖然那也是生命啦……但為了大多數人的利益，我想這是必要的犧牲。」

多數同學們都沒太大掙扎，給出了犧牲一人的答案，不過也有其他答案，例如某個同學回答「什麼都不做」，認為這是那五個人的宿命，他不願意去改變。

「坦普絲，妳呢？妳怎麼想？」路那眨眨眼，很是好奇地問。他也同樣屬於犧牲一個工人的那方，倒不如說，大部分的人考量到多數利益，都會做出這樣的抉擇。

坦普絲輕輕搖頭，沒有回答這缺乏正解的難題，「我不喜歡思考這種事。」

「那麼，換個條件——」見大家討論得熱烈，老師合掌，再度說明：「如果一方站的是你生命中最重要的人，另一方站的五個人則是在各領域都對世界有重大貢獻的人呢？」

坦普絲下意識地攢緊了衣角，呼吸也不自覺地加速。一旁的路那察覺到她的不對勁，眉頭稍稍皺起，「怎麼了？」

教室內頓時鴉雀無聲，方才能毫不猶豫說出犧牲一人的同學們也都安靜下來，面露難色。

「這……太難決定了吧？」

「我應該、應該會犧牲那五個人吧、畢竟……世界上也不是只有五個偉人呀，那五個人死了，還有其他人在嘛。」

也有人乾脆放棄思考，「反正這種事又不會發生，都只是假設啦！」

台上的老師見大家的反應變了許多，不禁失笑。

「當加了其他因素，大家還能只考量多數人的利益嗎？我也一樣，如果今天站在另一頭的是我的女兒，我寧願讓世界少五個重要人物。」老師聳聳肩，「人這種生物呀，從來就不是理性的，感情能左右我們的思考。」

而後，老師清除了螢幕上的示意圖，在結束這個小小的插曲後，繼續教授課程進度。

坦普絲失神了好一陣子，直到路那將手掌覆上她的頰，才讓她自遙遠的記憶中抽離思緒，「還好嗎？」

——不好，一點都不好。

她看著面前的男孩，一瞬間將他與過去的身影重疊。

她彷彿瞧見路那的血液正自四肢湧出，身軀上頭有許多怵目驚心的彈孔，模樣狼狽且駭人。

她垂下頭來，後頸早已消失、甚至可說從未存在過的小孔正隱隱作痛，虎口處也如同被撕裂一般的疼。

呼吸隨著情緒逐漸亂套，路那正安撫著她，可她卻無法如同往常般迅速調整好心情並以一個笑容做回應，而是木然望著他許久，最後抽開自己被牽著的手，一句話也沒說便從後門跑出了教室。

教室裡頭一片譁然，老師顯然也有些驚訝，可仍是繼續講課。片刻猶豫過後，路那也跟著離開了教室。

走廊上空無一人，他四處張望，卻怎麼也找不著坦普絲的身影，他著急地隨便選了個方向跑，想在這偌大的校園裡頭尋得匆匆離去的女孩。

經過約莫十分鐘，他終於在一處樓梯轉角發現她的蹤跡，連忙追上去，抓緊了她的手臂，大口大口地喘著氣。

當坦普絲轉過身時，他發現她正流著淚水。

路那並非沒見過她哭泣的模樣，可大部分都是喜極而泣的淚珠，從未如同現在這般，她的表情凝重而悲痛。

見狀，想關心的話語已率先被他拋諸腦後，幾乎是反射動作般，路那順勢將她擁入懷中。坦普絲緊緊咬著唇，偎在愛人的懷中，本應感到無比安心，可她腦海裡頭浮現的畫面卻是兩人在林中的月色下緊緊擁抱彼此的模樣。

「對不起。」她哽咽，胸口充斥著酸澀與苦痛。

——當初沒能守護好你，對不起。

路那被弄糊塗了，可此時也沒想深究，只想著要趕緊安撫她的情緒，便輕輕將手覆上她的髮頂，柔柔地拍了幾下。

「別哭了，妳這樣我會很擔心喔。」感覺懷中人兒的呼吸逐漸平穩，他的嘴角也微微彎起。

待稍稍冷靜下來，坦普絲也點了點頭，將自己的淚水抹到他的衣物上頭。

縱然情況有些許落差，可她仍是想起了當初的悲痛結局，想起這個世界為了多數人的利益，是如何將他人所愛視如草芥。

「路那，我們這節課別回去了，好不好？」她輕輕晃著對方的手臂，雖說自己沒有察覺，可語氣裡頭帶著顯而易見的嬌氣。

路那溫柔一笑，捧著她的雙頰，稍稍彎下身來，主動將唇貼上她的。

「好。」

就算一整天也行，他陪她待著就是了。

「坦普絲。」

聽見身旁男孩的叫喚，坦普絲才停止腦內的估算，回過神來看著身旁面露擔憂的路那。

他這樣的神情，想必方才已是叫了許多聲都沒有得到回應。

「妳最近常常恍神，是不是身體不舒服？」路那柔聲問。

他瞥了眼女孩面前寫滿密密麻麻日期的紙張，有些是過去的日期，有些則是未來的日期，還有幾個相同日期重複寫了好幾次。

雖說他不明白坦普絲將其書寫下來所為何事，可眼前重要的是她不尋常的態度，其餘的都不需在意。

看見路那這樣擔心，坦普絲感到愧疚，立刻搖了搖頭，「我只是在想事情喔。」為了向他表示自己真的沒什麼事，她便勾起了他最熟悉的那抹笑，見狀，路那才安心許多，讓她若有什麼事都別自己一人擔著。

隨後，坦普絲再度將注意力放回面前寫滿日期的白紙上頭，在腦內推敲此次輪迴中事件可能發生的時間點。

近日，為了避免事態重演，她刻意在每日放學時叮嚀路那晚間別隨意離開家門，說是鎮上這陣子治安敗壞，很有可能遇到危險。

路那雖感到疑惑，可看見她語重心長的模樣，仍是答應了她。

可現況卻不如同坦普絲所預料的那般。鎮上並沒有傳出任何駭人的消息，本應成為受害者的當事人也仍然平安無事，這讓坦普絲更想不明白了，明明上個禮拜是在百次輪迴內觸發事件的高峰期，為了到了前次輪迴，以及目前的這一次都不如預期？

難道她與路那的相遇，足以讓未來的方向產生巨變？

再這樣下去也不是辦法，她總不可能天天都讓路那待在家，可若有一日疏忽了，導致悲劇再度重演那該如何是好？

坦普絲苦惱了一整個上午，直到午休時，她難得沒有與路那待在一塊兒，而是到其中一個女同學的座位前，說是有事要談談，想請她跟自己到教室外去對話。

「我？」名為茉登的女孩一頭霧水，畢竟班上大家都曉得，坦普絲從未與路那以外的人主動交流。

「麻煩妳了。」坦普絲面無表情地點點頭。

兩人走出教室門，茉登顯然不知所措，瘦小的身軀小心翼翼地跟在坦普絲的身後，一邊思忖著自己是不是哪兒招惹她了，否則對方為何忽然找上自己。

終於，在走廊盡頭，坦普絲停下了腳步。

她並無立刻回頭，而是猶豫片刻後，才自口袋內翻出一個小型棒狀物，轉過身去朝茉登遞出。

「這、這是？」茉登抿抿唇，不安地發問。

坦普絲望著比自己矮小的短髮女孩，想著對方身軀瘦弱，看起來連基本的防身術也辦不到，若是遇到危險肯定無法保護自己。

「電擊棒。」坦普絲解釋，語氣平靜，與跟路那處在一起時判若兩人。

茉登的表情更為不解了。

「這支電擊棒的威力很強，只要被電到就會失去意識，但不至於有生命危險……大概。」她最後二字放輕了語氣。

電擊棒本是機構交由她自保的工具，可在幾經思量下，她仍是將其給了這個面前素昧平生的女孩。

見對方自始至終神情皆是茫然，坦普絲輕嘆口氣，又道：「如果妳遇到危險，在電暈對方後立刻報警。」

見對方依然沉默不語，她輕喃了句「拜託了」。

雖感到無比困惑，可茉登仍是接下了她給的電擊棒，坦普絲想著目的已經達成，也沒必要繼續對話，便邁開腳步準備返回教室。

不料，身後女孩忽然追上她，扯住了她的手臂，「坦普絲！」

「雖然、雖然不曉得妳為什麼忽然給我這個，但謝謝妳……」茉登垂下頭來，語氣帶著顯而易見的顫抖，「我一直都很害怕，每當晚上我一個人走在巷子裡，那個人總是跟在我身後，我真的不知道怎麼辦才好，也沒有人能夠幫助我……」

坦普絲稍稍瞥了她一眼，想著這些事情她也知道個七八分，可仍是沒阻攔對方繼續訴說自己的擔驚受怕。就這樣，在回到教室的途中，她聽著茉登說明了自己被住處附近的怪人給跟蹤的事。

「如果妳哪天遇到危險了，絕對要用上電擊棒。」坦普絲並沒有安撫她的情緒，於她而言，路那以外的一切都不重要，「不用擔心到時候是否會被判定防衛過當，以顧好自己的安全為最優先。」

聞言，茉登抿抿唇，臉頰浮現淡淡的紅暈，「好。」

「謝謝。」坦普絲忽然道謝，使茉登一頭霧水，實在不曉得怎麼回事。

坦普絲瞧了眼她疑惑的表情，也沒打算回話，繼續往前走，想趕緊回到路那身旁去。

此舉並不是為了保護茉登，她唯一想保護的人只有路那。

唯有顧好了這女孩的人身安全，才能扭轉悲劇的起點，讓一切順利地朝她理想的方向前進。

☾

距離世界末日來臨尚有十天。

坦普絲一踏進教室，便覺氣氛異常不對勁，即便如此，她仍沒心思去在意背後的原因。

世界的毀滅將近，假若任務失敗，她勢必得再度重返三個月前，開始新一次的輪迴。以往她對此已逐漸麻木，可在這次的輪迴中，有太多不確定性因素存在，使她無法如往常般迅速做出判斷。

好比她明白自己對路那動了情，好比路那極有可能是吸血族的末裔。

班上的大家神態嚴肅，有那麼一瞬間坦普絲以為自己身在機構，如同末日在即，機構的員工們臉上凝重的表情般，同學們也是同樣的神情。

不僅如此，她還看到有些人在哭泣，有些人的座位仍是空著的。

過了一陣，班導師緩緩走進教室，面色沉重。

「大家應該都知道了，昨晚鎮上發生了殘忍的分屍案，而受害者……」導師神情沉痛，緩緩看向了位於前方空著的座位，「依照受害者的面部特徵與身上物件看來，是茱登沒錯。」

坦普絲也同樣往那空位看去，淡淡瞥了眼後自記憶裡頭搜索與此相關的事件。

當她回憶起在每一次輪迴中皆發生的相似兇殺案，她也不禁感到疑惑，為何以往皆是發生在約莫一個多月前的事件，此次輪迴卻直到如今才發生。

右後方傳來些微的喘息，坦普絲一頓，轉身望去，瞧見了路那揪著胸口的布料，神情看來難受痛苦。

路那站起身來，趁著上課前的空檔打算去外頭洗把臉冷靜，發覺其異狀的坦普絲也跟了出去。

「你怎麼了？」她微微皺眉，有些擔憂地問。

「坦普絲……」路那面色慌張，不自覺往後退了幾步，緊抓著後頭的欄杆，手指用力的都要變得慘白，「我好像、好像……變成了一個怪物。」

「什麼？」坦普絲瞪大眼。她伸出手來，抓著路那的手臂，輕輕拍著他的背，試圖讓他情緒冷靜些。

「昨天我……我看到了，我看到了茉登的屍體，巷子裡全都是血。」路那回憶起昨晚的情況，心跳再度加快，險些要喘不過氣來，「在看到的那瞬間，我的身體開始變得奇怪，甚至、甚至我居然會想要吸那些血……」

坦普絲心一沉，也停下了動作。

「還有……」路那猶豫許久，面對著她張開了口，「我的牙齒，它變得很奇怪……」

在瞧見尖銳犬齒的那瞬間，坦普絲感覺所有聲響霎時都離她過於遙遠，她聽不清路那隨後說了些什麼、聽不清周遭的風聲，聽不清洪亮的鐘聲。

腦袋嗡嗡作響，似乎有什麼東西崩塌了。

——為什麼偏偏是你？

坦普絲也記不太清後來發生了些什麼，只記得自己再三叮嚀路那，絕對別將方才說的那些讓他人知曉，一個字都不許輕易透露，也不准讓其他人看見他不尋常的牙齒。

回到機構後，紛亂的思緒得以稍稍平復，坦普絲打開個人電腦，找出了與吸血族相關的記載，想知曉是否有像路那這般尚未成年卻提早覺醒的先例。

在仔細研讀資料後，她發現並不是沒有這樣的紀錄，曾經也有幾名未成年吸血族在目睹血腥場面後，由於受到血的刺激而覺醒，產生吸血衝動，這樣的個體經研究後發現，似乎會比普遍吸血族衝動來的更為強烈。

只剩下十天了。

目標就在眼前，就在觸手可及之處，若她想動手，對方並沒有絲毫反擊能力。

只要將吸血族的末裔消滅，她漫長的旅程得以圓滿結束，失去了末日的威脅，世界將回歸安寧。

可為什麼偏偏是路那？

那個在月光下彈琴的男孩、那個總對她露出無比溫柔的笑的男孩、那個她不經意間動了心而喜歡上的男孩……她如何才能下得了手？

為了拯救世界，難道只能犧牲路那，沒有其他的路可以選擇嗎？

坦普絲無力地倒在床上，此刻任何抉擇於她而言都變得過於困難，從前她要做的事便是聽命於機構並執行任務，沒有人教會她如何做出正確的選擇。

她想，若換作旁人來下定論，定會毫不猶豫地得出「將路那殺了」這樣的結論吧。

是呀，殺了路那便能拯救世界。

可為什麼是路那，憑什麼是路那？

坦普絲捂著臉，在幾經掙扎後開始思量另一條路的可能性。

——如果選擇保護路那呢？

若她將路那留到最後一刻，結局便會如同她一直以來所看見的那副光景，只不過她這次將會見證終焉的到來，見證真正的毀滅。

屆時，所有人皆無法倖免。她是，路那也是。

也就是說，不管是怎樣的結局，路那面對的唯有死亡一途。

無論如何，路那都會死。

☾

午休時間，校園裡頭出現了一群警察，身後跟著的是面露難色的班導師。

警察們踏進了教室，說是要跟路那談談，由於被監視器拍到於案發現場出沒，與事發時間也極其相近，因此想請他至警局做筆錄。

見路那模樣慌張，不知所措的模樣，坦普絲也擔心他的異常會因此敗露，便上前向警察說明自己的身份。

「我想自己也能提供一些證據，能讓我一起前往嗎？」她問。

這件兇殺案她經歷了許多次，由於是轟動社會的重大案件，新聞也詳細報導了犯案動機，坦普絲自然也對此一清二楚，知曉犯人的身份與作案理由。

在警方同意後，兩人被帶上了警車，一同前往警局。

偵訊室內，螢幕上放映著監視器拍到的畫面。黑白模糊的畫面中，路那慌張地從巷子內跑出，在街燈下停住腳步後，便蹲下身來，抓著自己的頭部，模樣痛苦。

而沒過多久，路那揪著自己的胸口再度往暗巷內走去，他像是努力克制自己別前進，卻仍是停不下來。

就這樣重複了兩次，最終，路那在離開巷子後，往住家的方向狂奔，再也沒有回頭。

「能說明一下你當時怪異的行徑嗎？」警方詢問。

路那緊緊握著拳頭，望著面前男人嚴肅的表情，再三猶豫後才點了點頭。

他說，自己當時只是去附近超商買個東西，卻在經過一處巷子時聞到濃厚的異味，便入內查看，沒想到便瞧見了同班同學殘破不堪的屍體，而當時現場沒有其他的人在。

目睹這樣的場面，他感到害怕，於是選擇逃走，卻也不知怎麼地，當回過神來自己便再度走入巷內。

「那，為什麼當下沒有選擇報警？」

「我、我……我當時什麼都無法思考，只想趕快回家。」他垂眸。

在一陣盤問過後，警方讓路那留下自己的指紋，方便為後續調查做比對。

當詢問的對象來到坦普絲時，她在腦內思索了一陣說詞，而後便開始說明情況。

「平時我跟茉登偶爾會有聊天的機會，大概兩個月前開始，她跟我說了自己夜裡回家時都會被跟蹤的事。」她回憶起腦內殘留的記憶，「她告訴我，自己被國中同學的哥哥纏上了，幾乎每天回家都會看到他跟在身後，有時候他還會想跟茉登講話，但茉登因為害怕而沒有回應，因此她偶爾會聽到對方很生氣的說『殺了妳』之類的威脅。」

「因為擔心她的安全，所以我問了茉登，知不知道對方的名字或者其他資訊，於是她說了那位國中同學的姓名，以及他們就讀的國中。」坦普絲道出記憶中的名字，「茉登有報警過，不過因為對方沒有實際傷害她，警方那邊也就不了了之，沒想到會發生這種遺憾的事，所以我懷疑……會不會殺害她的兇手，就是那個跟蹤她的對象？」

警察將她所言詳細紀錄，接著點了點頭，問她是否還有其他資訊能提供。見坦普絲搖搖頭，他開口：「謝謝妳提供的線索，我們會朝這方面詳細調查，這樣就可以了。」

出了警局後，看著路那惴惴不安的模樣，坦普絲苦惱許久，不曉得該怎麼辦才好。

猶豫了一陣，她決定出言安撫，「路那，沒事的。」

她沒辦法騙他，說一切都只是他庸人自擾，就算讓他相信吸血衝動是他因目睹案發現場而產生的精神錯亂，也無法解釋他的犬齒在當晚變得尖銳的緣由。

「你別擔心。」她咬著唇。

雖說她是對著路那道出這話，可她覺得同時也是在安慰自己。

她真的不知該如何是好。

如今路那的身份已然顯現，她無法像往常那般欺騙自己他的身世只是巧合，她找不出其他的理由來解釋他牙齒的構型變化。

惶恐、不安、痛苦……諸如此類的情緒在明瞭真相後不斷縈繞她的心頭，坦普絲做不出選擇，她不曉得自己究竟該選擇犧牲路那來拯救世界，或是讓所有人共同迎接毀滅。

距離結局的來臨還有九天的時間，她究竟該怎麼辦才好？

☾

睜開眼睛，看到的是乾淨無暇，純白的天花板。

身軀似乎有什麼東西連接著，女孩移動了視線，看到了長短不一的線路，其中幾條似乎是用來偵測她的身體機能與狀況。

除了線路外，身旁尚坐著一名綠髮男子，對方的坐姿端莊優雅，察覺到她的甦醒，臉上勾起了淡淡的笑容。

「坐的起來嗎?」男子輕聲問。

女孩點了點頭,撐著床緩緩爬起身來。她低下頭,端詳著自己的四肢,在一旁櫃子上發現了一面圓鏡後便將其拿起,自鏡中映照的畫面察看自己的面容。

如墨般純淨烏黑的髮,青綠色的眼瞳,這是她的模樣。

「所長。」她喚,臉上沒什麼表情,聲音也輕的如同呢喃。

自方才醒來後的短暫片刻,她憶起自己腦內異常龐大的資訊量,那並非她曾經歷過的一切,而是另一人的記憶,不過是透過迴路的連結,將訊號傳遞至她這副空殼罷了。

見她迅速進入狀況,所長笑意更深,認為此次的計畫是完美的成功。

既坦普絲後的第二個奇蹟甦醒了。

「名字。」女孩盯著所長瞧,「我的名字,是什麼?」

擁有相同的記憶,擁有相同的情感,甚至擁有相同的面容——可她終究不是坦普絲。

當被喚醒的那刻,她明白了,於此刻開始,她們二人終於成了兩個獨立的個體,她終於能擁有自己專屬的記憶。

「瑞普莉喀。」所長雙手交疊於腿上,「這是妳的名字。」

瑞普莉喀。

「瑞普莉喀……」女孩喃喃唸了幾次,片刻沉默過後,將這個名字刻在自己的記憶裡頭，當作自己的稱呼，而非記憶中的「一〇七號實驗體」。

「現在我要說明妳的異能了，準備好了嗎？」所長挑眉。

瑞普莉喀點了點頭。

「坦普絲所能返回的時間跨度最多是三個月，而考量到妳的狀況，妳則是能返回最多三天前的時間。」所長拿起原先放在一旁的資料，「乍聽之下妳或許不及她，可妳卻也有著她做不到的優點，某些時刻甚至比她實用。」

瑞普莉喀靜靜聽著對方的說明，在腦中分析出了解答。

雖然這樣的異能能夠進行時空跳躍，可也有著相對的限制，並非無時無刻都能啟動能力。返回多久的時空以前，就必須在多久後才能再次使用異能，這也是為何在每次輪迴中，坦普絲必須直到最後一刻才能啟動能力的原因。

「遇到問題能在短時間內修正。」她接著對方的話說道，語氣平順。

「沒錯，因此只要妳們二人的異能相互配合，相信能更順利的完成目標。」所長點點頭，「很高興妳能迅速理解現況，我原本還估量著大概需要給妳一天的時間弄清楚目前的問題。」

瑞普莉喀左顧右盼，察覺這個房間沒有對外的窗戶，不禁覺得有些失望。

「所長，我能去看看月亮嗎？」她輕聲問。

雖說不解這麼做用意為何，可所長還是答應了。他想，雖說腦內有著坦普絲龐大的記憶資訊，可跟自己所見所聞仍然有著差距，像個嬰兒般對世界充滿著好奇也是常理之中。

在確認步行狀況沒有問題後，所長領著瑞普莉喀來到了賽恩提亞的天文台內，帶著她走到最中央的區域。

頭頂是一塊弧形的強化玻璃，透過無瑕的表面，能夠輕易瞧見夜空中的一切，瑞普莉喀抬起頭來，仰望著在記憶中多次見得的美麗夜空。

赤紅的明月高懸於穹頂，月光輕輕灑落地面，她不自覺伸出手，嘗試觸碰映照在眼中的月球。

她悄然勾起唇角，於此同時卻露出了無比悲傷的神情。

「所長，你不覺得月亮很美嗎？」她問，語氣柔了幾分。

所長瞧著她的側顏，也忽然就明白了，坦普絲只是選擇不將自己的情緒為旁人所知曉，可並不代表她失去了感性，也許恰恰相反，在經歷了不為人所知的無數次輪迴後，她的感情相較他人更來得豐沛。

否則剛醒來沒多久的瑞普莉喀是不可能擁有這樣的表情與語氣的。

「嗯，馮思喜歡看月亮，我也同她一樣。」所長跟著抬起頭來，仰望著與過去相比大了好幾倍的月球，「不過現在這個問題已經失去意義了，月亮終究會毀滅的。」

「就算這是我參照的實驗體所擁有的記憶，覺得月亮很美、很溫柔的並不是我……我想，即便一開始沒有這些記憶，我依然會喜歡上這樣的月亮。」瑞普莉喀輕聲道。

她多麼想憑著自己的意志，以一個正常人的身份來認識月亮呀。

不是透過坦普絲的記憶，她想親身去感受，去體會這世界的所有。

「明日開始妳就要進行同樣的任務了，過程中遇到什麼問題都隨時向我提出。」所長稍稍瞇起眼，轉了個話題。

「不能問參照實驗體嗎？」她提到了坦普絲。

「有關於她在今日以前所得到的任何資訊與記憶，妳不是全都知道了嗎？」所長扯了扯腕上的手套。

是呀，她全都知道。

一次又一次失敗的結局、與路那的相遇與別離，乃至於前陣子兩人的重逢及相戀……一切的一切她都知曉，所有記憶都融於她的軀殼當中，造就了現在，於此刻站在這兒的瑞普莉喀。

「嗯。」她應聲，「我什麼都知道。」

所以她也同樣明白，明白坦普絲對於機構的恨意，明白她想讓全世界隨著路那陪葬的決心。

可那終究不是她所經歷的過去。

某方面而言，瑞普莉喀可謂剛出世的嬰兒，除了愛以外的情緒，她無法百分之百的去體會，她無法如同坦普絲一般，對機構懷有如此深的怨念。

剛甦醒沒多久的她，只不過是準備要探索這個世界罷了。

然而，一個多月後的她卻要目睹末日的來臨，在她尚未切身感受這個世界的所有之前。

多麼可悲的人生。

瑞普莉喀收回手，視線仍目不轉睛地盯著月亮瞧，想盡可能地將這幅景色烙在自己的腦海裡頭，直至死前也不願忘懷。

不過在呼吸止息之前，她還有想做的事，有想要見的人。

——路那會在哪裡呢？

第三章　罪惡之血

又下雪了。

坦普絲遙望窗外的雪景，覺得有些莫名，畢竟昨日晚間連日的降雪才好不容易停止，不想才過了一個晚上，天氣又變了，還與她所估算的不同。

她並沒有對此疑惑太久，想著畢竟這次的輪迴已發生太多太多不在自己預料之中的事，便也沒過於在意，準備前往員工餐廳用膳。

「早安。」

見她進到餐廳內，賽恩提亞的員工們都禮貌地向她打招呼，而坦普絲則一一點頭回應，臉上沒什麼表情。

「坦普絲，妳怎麼在這？」一名戴眼鏡的女性在她拿起餐盤時捉住她的手臂。

坦普絲不解，這名員工是負責管理自己健康狀況的專員之一，「怎麼了嗎？」

「今天是例行健康檢查的日子，妳還不能進食。」對方神情嚴肅，「快到檢查室去更衣。」

坦普絲瞪大眼，她從未在機構的大家面前露出如此驚訝的神情，可如今所聽到的言論卻令她感到過於詫異。

「昨天不是才檢查過嗎？」她問。

血液及尿液的檢測、神經刺激反饋的測試、認知功能的調整……這些昨日才經歷過的一切她仍歷歷在目，甚至她還記得最後這位專員告訴她，目前的身體狀況良好。

可對方的眼神並不像在說謊。

「妳在說什麼呀？我們今天才要檢查呢。」專員皺眉，「快離開這裡。」

坦普絲胸口一顫，情緒越發慌張，她看著食堂內播報的新聞所顯示的日期，的確是健康檢查的日子沒錯。

她再以眼神掃了圈今日的菜色，對照每月的菜單所示，也確實與例行健康檢查的日期相符。

種種跡象使她無法理解現況，她不曉得究竟是發生了什麼樣的事，時間居然會倒退回整整一天前。

那她昨日經歷的那些又算什麼？幻覺？

不，不可能。

她仔細對照昨日的記憶與目前的情況，想起了在窗外看到的雪，與前一天醒來時所見如出一轍。

簡直就像……

啟動異能後的情況。

離開餐廳後，坦普絲並沒有遵照指示到檢查室去等待，而是迅速搭乘電梯前往頂樓的所長室。

她無法像從前那般冷靜，連事先知會一聲也沒有，便直接在解鎖後進了所長室的門，與裡頭正喝著咖啡，瀏覽資料的男子對上眼。

見她模樣不對勁，甚至莽撞地直接闖進來，所長頗為訝異，「坦普絲？」

「所長，我有緊急狀況要說明。」她面色嚴肅，一五一十地道出今日醒來後所發生的，各種與她認知相悖的事件。

聽完她的報告後，所長緩緩起身，優雅的表情上不帶一絲慌張。

「我大概明白情況，也能猜到原因了。」他一步一步走向她，「跟我來，原本是預計明天才安排妳們會面，看來現在就是最好的時間。」

坦普絲一頓。

健康檢查隔日，所長準備帶她去見的對象——

從「艙」解放的一〇七號實驗體，賽恩提亞的第二名異能者。

「妳現在肯定有很多問題，不過先放在心裡，待會我會一一為妳解答。」所長勾起唇角，領著她搭乘電梯下樓，來到了走廊盡頭的一處隔間。

與坦普絲的個人房間相同，門上都掛上了所屬對象的名牌，她看著上頭的名字——

「瑞普莉喀？」她語帶疑惑地喚出對方的名。

所長點點頭，隨後將食指按上一旁的指紋鎖。映入眼簾的是一道矗立在窗邊的身影，似乎是發覺有人來了，對方輕輕轉過身來。

有那麼一瞬間，坦普絲覺得自己如同陷入虛假的夢境中，眼前發生的一切都是如此不真實。站在她面前的女孩，有著跟自己全然相同的面容，兩人唯一的差別只在於髮色——可她從前也是如對方般的墨黑色頭髮。

見她杵在原地，瑞普莉喀也沒想發話的意思，所長率先打破了這場短暫的沉默。

「坦普絲，這位是瑞普莉喀，也就是之前跟妳提到的一〇七號實驗體、第二號異能者，同時也是——」所長走向瑞普莉喀，輕輕搭著她的肩，「妳的複製人。」

瑞普莉喀盯著面前對自己來說可稱為「參照實驗體」的對象，縱然表情沒有一絲波瀾，可心中卻百感交集。

憧憬、欣羨……

坦普絲瞪大了眼，不可置信地確認，「……複製人？」

「在妳誕生後沒多久，利用妳的基因所打造的胚胎，十幾年來被我們培養在艙內，昨日才將其解放。」所長解釋，「而為了避免出現認知功能方面的障礙，我們利用植入妳腦中的晶片，將妳神經系統的一切電訊號都同步複製到了瑞普莉喀上，因此在她甦醒以前擁有妳所有的記憶。」

聽到「記憶」這關鍵詞，坦普絲原本的眼神增添了幾分敵意，而瑞普莉喀明白她心中所想，可也並無作出任何回應。

「由於是複製人的關係，她也同樣擁有與妳相似的異能——不如說我就是為此而打造出瑞普莉喀的。」所長又道，「瑞普莉喀能返回三天前的時間，所以我想關於妳醒來後產生的違和感，便是由於她啟動能力所導致……不過，妳的記憶居然沒有一併被回溯，這是非常值得慶幸的事。」

所長思忖著，或許因為兩人擁有同樣的基因，彼此之間在異能上有所聯繫，因此即便只有一方啟動了異能，另一方同樣能保有一切的記憶也說不定。

「為了測試異能，在所長同意下，我返回了一天前的時間點。」瑞普莉喀終於出聲，語氣彷彿外頭降雪的天氣般冰冷。

「大概的說明就是如此，坦普絲，從今以後妳們二人就能共同合作了。」所長微笑，「我會跟妳的專員說明情況，妳這次的健康檢查取消，給妳們兩個人一點時間單獨聊聊吧，我就不打擾了。」

語畢，所長走出門外，餘下兩個女孩面面相覷。
「妳……」坦普絲開口，兩側拳頭緊緊攢著，「妳有我的記憶？」
瑞普莉喀點點頭，「情緒、五感、記憶……在甦醒以前我都是與妳共享的。」
「所以、所以妳也知道——」知道與路那有關的事？
坦普絲沒把話說完，心中的驚慌掩過了所有情緒。那是她拼了命想掩藏的過去，包括如今的一切，她都不願讓與機構有關的人員知曉一分一毫。
她曾以為能守護這些回憶直到最後一刻，可如今，把柄卻落在最危險的人手中。此刻自己還不能使用異能，相較之下，眼前的瑞普莉喀能夠在餘下的日子中不斷開啟一次又一次的時空回溯，是必須極度提防的對象。
「路那。」瑞普莉喀代替她道出了男孩的名字，語氣柔了幾分。
「代表妳也明白上一次輪迴發生的一切，還有這陣子以來我做的事……」坦普絲咬著唇，止不住內心的恐慌。
她害怕瑞普莉喀將這一切的秘密都與機構報告，如此一來，她所做的努力都成了徒勞，路那的性命安全將不保。
「我知道妳在提防什麼，但妳不需要擔心。」瑞普莉喀垂眸，「如同妳愛著路那，接受了妳一切情感的我也一樣深愛著他。」

即使與路那相戀的人並不是她，即使記憶中路那溫柔的笑並不是對著她。

「妳……」

「昨天——不，在上一個消失的今天，我去找了路那，我見到他了。」瑞普莉喀打斷她的發言，唇角勾起了一個淺淺的笑容。

但也僅止於此。

她唯一能做的，只有與路那見面，與他說說話。她無法像坦普絲那般依偎在他的懷中，無法向他訴說自己的心意。

甚至——

「能見到路那，我真的很開心。」瑞普莉喀稍稍闔上眼，「但他不會記得我，他不會記得我們說了什麼、做了什麼。」

一切的美好都僅有她一人知曉，路那不知道、坦普絲不知道，唯獨她自己知道。

☾

路那的家在公園附近的巷子裡頭，若要自校內返家，勢必得經過這座公園——這麼想著的瑞普莉喀，在鎮上閒晃了一陣後，於午後時分來到了公園等待。

整座城市為白雪所覆蓋，路上的行人皆衣著厚實，瑞普莉喀裹著暗紅色的圍巾，在板凳上頭不停哈氣搓手。

縱然記憶裡頭的坦普絲已經習慣寒冷，可畢竟她這副身體一直待在溫度嚴密調控的艙中，尚無法適應這寒冷的氣候。

時間一分一秒地流逝，瑞普莉喀並未因等待而感到絲毫不耐煩，甚至因放學時間更加靠近而感到些許雀躍。

——她就要見到路那了。

不是僅存在於他人記憶中的面孔，而是真實的、今日的坦普絲所看不見的路那。

趁著坦普絲因健康檢查而無法外出的情況，她沒有聽從所長建議先留在機構待命，表面上提出了出外探查的申請，實際上她僅僅是想與路那見上一面。

想跟他說說話，想切身體會與所愛之人相處的喜悅。

不遠處的校園響起了宣告放學的鐘聲，瑞普莉喀原先垂下的頭便興奮地抬起來，於此刻起每隔幾秒便左顧右盼，尋找著附近是否出現與路那相似的身影。

當終於見著了一道微仰著頭望向天空的人影，她先是眨眨眼，確認自己的判斷無誤，而後，準備站起身來，卻又因緊張而再度坐下，不安地掐著自己的大腿。

她與路那什麼關係都不是，她不是坦普絲，不是路那的戀人，甚至兩人素未謀面。

於是她退縮了。直到路那走近前，她遲遲不敢有所行動，只能眼巴巴望著對方，希望他能注意到自己在這兒，希望他……因著這一張與坦普絲極其相似的臉龐而駐足停留，向她主動開口。

眼角餘光瞄到公園板凳上坐著一個女孩，路那覺得在下雪的日子裡這樣的景象很不尋常，便忍不住將目光自天上的月球移開，往對方瞄去——

「坦普……絲？」他瞪大眼睛。

不，她並不是坦普絲——路那隨後如此判斷。

面前女孩有著一張跟坦普絲可謂完全相同的面孔，兩人的差別只在於髮色與身上的衣著，在他記憶中的坦普絲從未戴過圍巾，也沒穿過保暖的大衣。

對方正盯著自己瞧，表情並非他所熟悉的女孩，她髮上落了許多細雪，看來在這兒已不是一時半刻的事。

路那、路那——縱然已在心底喚了無數次，可當與對方四目相接的那刻，任何想說的話全堵在喉頭，她只是愣愣地凝望著面前男孩。

路那覺得方才一瞬間認錯人有些尷尬，卻又認為在這兒遇見與坦普絲相似的女孩未免太巧了些，因此遲遲沒有邁開步伐離開此處，而是呆站在原地。

「路那……」她的唇輕顫，也不曉得是由於寒冷抑或即將落淚的反應。

「妳認識我？」路那瞪大眼，不可置信地指著自己，「這麼說，妳跟坦普絲是……」是家人嗎？姐妹？如此相像的臉龐，有很高的機率是雙胞胎也說不定？

「我、我……」自甦醒來想了這麼多，瑞普莉喀卻忘了思考見到路那時該如何向對方解釋自己的身分，頓時有些慌張。她稍稍垂下頭來，在寒冷的冬日內雙頰發燙，「姑且可以把我當作，坦普絲的……妹妹。」

這樣的身分，大概是最不會被起疑的吧。

「原來是坦普絲的妹妹。」路那輕笑，自動忽略了她所說的「姑且」代表著什麼，「那妳叫什麼名字呢？」

名字……

瑞普莉喀掐緊手心，有些害臊地答，「瑞普莉喀。」

像是確認發音般，路那對她重複了一次，被對方叫出名字的感受令她感到不知所措，胸口的鼓動越發熱烈。

同時，她也想起了坦普絲，那個被自己當作參照實驗體因而造出她這個存在的女孩。

真好。

坦普絲能享受路那的溫柔，能時常看到他對著自己笑，能聽到他喚自己名字的嗓音——這些都是與她無關的幸福，他們二人間並沒有她能插入的餘地。

所以她能做的只有這些了。她只能狡猾地在坦普絲無法干涉的時間將路那佔有，即便她早已下定決心，這一切將成為僅有自己一人獨享的珍貴記憶。

「話說回來，妳為什麼會在這裡呢？」即便對於眼前所謂「坦普絲的妹妹」仍有一些私人的疑問，可見她在雪中待了這麼久，他想這個問題還是比較要緊的。

「因為想見你。」瑞普莉喀眨眨眼，臉上漾開了笑，神情與坦普絲的笑顏的確如出一轍。路那倒抽了口氣，沒料到會得到這樣的答案，想著這姐妹倆說話為何皆如此坦率，是不是在教養時用了何種特殊的方法。

他別開眼，捂著嘴後清了清喉嚨，表情有些尷尬，「雖然這麼說有點突然，但我跟坦普絲的關係……對。」

他不曉得跟其他異性有較為深入的接觸這點是否會讓坦普絲感到不快，不過他仍盡量避免，就算此刻面對的是她妹妹也是同理。

聞言，瑞普莉喀頓了下，笑容黯淡了些，「我知道你們兩個的關係，但……我一直、一直很想見你。」

在甦醒前，還待在「艙」的那些日子內，她並不是全然失去了意識，這些日子來，她隨著坦普絲的心承載了那滿溢的思念，盼著終有一日能夠親眼見到自己深愛之人。

見路那不解，瑞普莉喀再度淺淺勾起唇角，將身旁空位上頭堆積的薄雪拍開，「你能陪我聊聊嗎？」

方才的羞澀已然消失無蹤，如今她清楚明白了兩人之間究竟隔了些什麼，知曉這份感情只能埋葬於心底。

如同與路那重逢時的坦普絲心中所願，此時此刻，只要能待在路那身旁，便是她最大的幸運，是即便輪迴百次也願換得的奇蹟。

路那歪頭，雖然不曉得對方究竟為何會在這兒，也不明白瑞普莉喀想找自己談話的理由，可隨後他又想著，這畢竟是坦普絲的家人，或許未來也有機會相處，便在應聲後於對方身旁坐下。

將圍巾往上拉了些後，瑞普莉喀輕吐出一口氣，隨後便開口詢問——

「路那，你知道『吸血族』嗎？」

☾

「吸血族？」路那眨了眨眼，一臉疑惑，「聽過是聽過，但那不就只是民間的傳言嗎？畢竟從來沒有相關的證據出現。」

瑞普莉喀輕輕搖頭，語氣平順，「那是因為情報都被政府給抹消了喔。」

吸血族的歷史也好、月球靠近的原因也好、世界末日的真相也好……一切消息都被賽恩提亞與政府所封鎖，不願為人民所知曉，避免徒增恐慌。

畢竟他們認為，只要擁有了時間回溯的異能，一切都將順利解決。

路那稍稍皺眉，「妳的意思是，世界上真的有吸血族的存在？」

瑞普莉喀勾起唇角，沒有立刻回答他的問題。她搓了搓雙手，朝手心哈了幾口氣，見狀，路那便將放在書包內的暖暖包取出，「給妳。」

她愣了幾秒，而後小心翼翼地將其捧在手裡，連包裝都不敢擅自拆開。

「在你的認知中，吸血族的形象是什麼呢？」在猶豫許久，終於決定使用暖暖包後，瑞普莉喀將它放到口袋內摩擦，並詢問路那這樣的問題。

路那思考了一陣，開始回憶在某些節目及民俗學者口中所描述的，關於吸血族的特徵。

「會吸人的血，被吸血的對象也會被同化，成為他們的一員。」他如此回答，「吸血族的生命力好像很強，還有不曉得為什麼，他們被稱作『月亮的子民』。」

瑞普莉喀默了許久，讓路那覺得自己說出這樣莫名其妙的言論有些無地自容，可明明不是他先開啟這個話題的。

「雖然有些錯誤的地方，但大致上是正確的。」她如此回應，同時與路那對上了眼，「至於錯誤的地方……被吸血的人並不會成為吸血族喔。」

見她表情認真，絲毫不像在開玩笑的模樣，路那忽然感到一陣毛骨悚然，不曉得對方所言究竟是真是假。

「吸血族的根源目前仍無從追溯，不過他們已經存在世上許久，也由於強大的不死性，他們的族群得以繁衍壯大。可相對的，吸血族擁有『吸血衝動』，這樣的特性使他們被一般人類所厭惡、懼怕。」瑞普莉喀緩緩道出機構已知的吸血族歷史之大略，「隨著文明與科技發展，普通人有了能對付吸血族的方式，那便是逐漸進步的武器。於是，吸血族開始被大量殺戮，人口衰退，他們只能逃到尚未開發的深山中生活。」

路那沒有對此做出回應，他仍無法判定對方所言的真實性，目前為止僅僅將其當作一個虛構故事來看待。

「被吸血族吸到血，其實是不會有生命危險的，他們所攝取的也僅有少量血液，並不會有任何副作用。」她繼續說明，「但這已經足以成為人類將吸血族趕盡殺絕的理由，在政府主導下，吸血族的消息逐漸被世人所淡忘，甚至現在幾乎無人知曉真相。就這樣，政府打算將吸血族消滅殆盡，而這個目標也的確接近成功了——就在十七年前，吸血族只剩下最後的一個族人了。」

瑞普莉喀就此停下，悄悄盯著身旁男孩，不曉得他為何自剛剛開始便默不作聲。

十七——這個數字已經夠明顯了才是。

「接下來是跟月亮有關的事。」最後一個音剛落下，她便瞧見路那瞪大眼睛，眸子裡充滿了疑惑與好奇。

身為吸血族的路那對於月亮之間有莫名的聯繫，這點她非常清楚，自然曉得他的反應會如此之大。

「十七年前，月亮被探測到開始朝地球靠近，照常理而言，一旦兩者距離小於洛希極限，月球便會被撕裂——你也是這麼認為的吧。」瑞普莉喀稍稍仰頭，看著空中有些朦朧的月，「不過，月球不僅會隨著突然出現的引力而加速靠近，甚至月球內部的引力也增加了，在計算後，發現月球並不會被撕碎，而是會直接與地球相撞，導致毀滅性的災難。」

「什麼？」路那下意識地出聲，表情驚詫。

瑞普莉喀無奈地勾起唇角。畢竟，為了不讓人民知曉這個消息，賽恩提亞與政府合作，全面防堵了一切機密資料的流出，也對知情者做了許多保密措施，外人無從得知事實。

路那想起了前陣子經常做的夢。

夢中，他目睹了終焉的來臨，所有人都不在了，只剩下他一人獨自仰望月亮。

即便這般末日光景與瑞普莉喀方才所言有所落差，可同樣都是令人髮指的毀滅。

「吸血族體內有一種神經遞質『帕德勒』，能與五年前在月球上發現的新元素『ξ-1』產生量子糾纏，對其產生指示性，這便是月球逐漸靠近的原因。」她將話題再度往吸血族的方向發展，「如果要阻止月球的撞擊，唯一的做法便是殺了吸血族的末裔，使帕德勒不活化。」

對此，路那覺得無比荒謬，可見她說得頭頭是道，內心也逐漸動搖。

若她說的都是事實，那麼自己出生以來對於月亮的好奇、前些時日內不尋常的夢……一切皆非巧合？

難道說……

「我——」

「路那。」瑞普莉喀轉身，朝他湊近，兩人的距離有些曖昧，「吸血族的末裔，那就是你。」

她說穿了他方才內心油然而生的念頭。

「什……」路那表情錯愕，盯著她澄澈的眼眸，思緒無比混亂。

「所以，只要結束你的生命，末日就不會來臨，這個世界能獲得拯救，世上不再有吸血族的存在。」

隨著天色暗下，板凳旁的路燈也亮起，同時一陣寒風吹過，將瑞普莉喀烏黑的髮吹起，使其在路燈的照耀下隨風飄揚。

「你相信我嗎？」

路那不願承認，即便她所講述的一切都過於荒誕不經，可當連結到了發生在自己身上的種種異常，他卻似乎不得不去面對，最後相信一切都是真的。

「路那。」她又喚，「如果這一切都是真的，殺了你能夠拯救這個世界，反之，你將與這個世界的所有人一同迎來末日——你會怎麼選擇？」

路那嚥了嚥口水，沒有馬上做出回覆。他感覺自己的呼吸逐漸變得不平穩，原先正常的心跳也亂了套，就如同一切即將失序的前兆般令人畏懼。

他會怎麼選擇？

「我會……」路那將她輕輕推開，垂下頭來，喉頭乾澀，「我會一個人去死的。」

聽到對方的回答，方才努力壓抑的情緒也再忍不住，瑞普莉喀感覺眼前一片朦朧，察覺自己的淚水即將落下，她抬起頭，硬生生地將其給逼回去。

「你不要想太多。」待調整好情緒，她勾起了一抹笑，試圖讓自己的語氣聽來較剛剛輕鬆許多，「我剛剛都是開玩笑的，我的故事其實有很多破綻，你都沒發現嗎？」

即使那些破綻，僅僅是因為她沒有將一切真相說出口罷了。

路那原先微微顫抖著的身子當場僵住，他抬起頭來，望著對方稍顯天真的笑，又覺得自己被搞糊塗了。

瑞普莉喀站起身來，「今天能見到你，我真的很高興。」

「謝謝你陪我聊天，謝謝你……讓我遇見了你。」她雙手交疊在後頭，微微彎下身來，衝著路那勾起一抹燦爛的笑，「我要走了，你將不會記得我，不會記得我們之間發生的一切，所以——」

在轉身之前，她加深了笑意，眼角的淚也隨之流下。

「路那，我愛你。」

☾

在瑞普莉喀與自己見面的那天後，雖說一切仍如常進行，機構方面也並無做出任何特殊之舉，可坦普絲仍然隱隱感到不安。

她想起瑞普莉喀告訴自己，她也同樣深愛著路那，同時也保證自己絕不會做出傷害路那的任何舉動。

見瑞普莉喀態度真誠，加上對方是承載了自己一切記憶與情感，與她幾近完全相同的複製人，坦普絲自然也不是懷疑她的真心，可內心深處總有股怪異的感受無法驅散。

畢竟瑞普莉喀是她的複製人，光是這點就足以令人感到詭異，一想到這些年來機構的所有人從未對此透露隻字片語，坦普絲就有種被蒙在鼓裡的感受，覺得很不是滋味。

同時，她也為著那消失的一天感到好奇，不曉得於自己在進行健康檢查時，瑞普莉喀究竟跟路那說了什麼，兩人又做了什麼，前者看來也沒有想告訴她的意思。

對此，坦普絲覺得有些……不甘心，就好像她被擺了一道似的。

見她一連幾日皆心神不寧，雖稱不上擔心，可路那仍是覺得這樣的坦普絲很是反常。以往上課時間，她並不常恍神，總有許多話題想跟他聊，反而因看月亮而經常分心的總是他。

下課鐘響，象徵著午餐時間的來臨，路那本想趁機好好同她聊聊，卻在準備開口時被一道女聲打斷。

「坦普絲——」茉登興高采烈地捧著自己的便當盒，來到了兩人的座位旁，完全沒將路那放在眼中，視線直勾勾盯著面前女孩瞧，「我們一起吃飯好嗎？」

「妳又……」路那扶額，表情很是無奈。

自從上禮拜開始，茉登便時常在空檔時間來兩人的位置邊主動與坦普絲搭話，雖說後者很明顯不想予以理會，可茉登仍是努力不懈，持續釋出自己的善意。

不曉得原因為何的路那曾詢問過坦普絲箇中緣由，可對方僅僅是簡單的回了句「誰知道」，便要他別把這些事放在心上。

可見茉登幾乎是一有空就過來這兒，若是想三人一起聊聊也罷，可對方完全將他當成空氣般的存在，這讓被忽視的路那覺得有些尷尬。

路那想著，這女孩也實在是固執，畢竟全班都曉得坦普絲只想與他互動，如此一來，若想與前者打好關係，不是應該要透過他來勸說嗎？

然而，茉登居然連一句話都不跟他說。

「我要跟路那一起吃。」坦普絲沒有看對方一眼，而是自包內拿出機構準備的午餐後，拉拉路那的袖口。

見狀，路那挑眉，模樣有些得意地看向茉登。

「哎？那、那我可以一起去嗎？」茉登眨眨眼問。

「不行。」路那與坦普絲同時答道。

坦普絲覺得有些意外，畢竟路那的性格溫順，很少如此直接地拒絕同學，於是看向了對方的側顏。只見路那輕輕向茉登吐了舌，臉上有她未曾目睹的，得逞般的笑容。

兩人到了走廊盡頭的樓梯，隨意找了個台階後坐在上頭。

「路那，我喜歡你剛剛的表情。」看著路那將一口飯送到嘴裡後，坦普絲這麼說著，臉上勾起了笑。

「嗯？」路那不解，由於嘴巴中還有食物，他只能以表情來表達自己的疑惑。

「你對茉登吐舌頭的時候，露出了……像是贏了比賽那樣的笑容。」坦普絲如此形容，這才緩緩打開自己的便當盒，開始進食。

能見到路那不同的面貌，她覺得非常開心。

「那是因為她無視我，只想跟妳單獨互動，完全沒將我放在眼裡，好歹我也是妳的男朋友。」路那失笑，「不過說是贏了比賽也算正確，畢竟我贏得了跟妳吃午餐的機會。」

聽路那這段話說得如此自然，坦普絲頓了好幾秒，有些不自在地低下頭，默默將食物送進嘴裡。

上次為路那的話語而感到羞澀對她而言已經是好一陣子前的事，果然路那還是一樣的他，總能在不經意間，泰然自若地說出這般令人害臊的話。

「坦普絲，妳最近還好嗎？」路那忽然轉了個毫不相干的話題，令她險些被嚥下的食物噎到。

「我沒事，怎麼忽——」

「騙人。」路那伸出食指，輕輕抵著她的眉間，「妳究竟都在想什麼呢？」

即使是這樣的質問，他的語氣仍如此輕柔，磨鈍了本該尖銳的指控。

「如果是快樂的事，我希望妳能跟我分享，我們能一起為同樣的事感到喜悅；如果是難過的事，我也希望妳能告訴我，讓我為妳分擔這份憂愁。」路那又道，隨即勾起她最熟悉的，那抹極其溫柔的笑，「有什麼事都跟我說，好嗎？」

有那麼一瞬間，在對上路那眸子裡無邊柔情的那刻，坦普絲想著，自己真的要將一切的真相、一切的記憶都與他傾訴。

可當理智恢復後，她便立馬拋開了這樣的念頭。

「其實我只是在思考一個問題。」坦普絲故作輕鬆地答，「路那，假若你遇見了一個跟你長得一模一樣的人，他是你的複製人，而且對方擁有你今天以前的所有記憶跟感情，不過他又清楚地明白你們是不同的個體。碰上這樣的情況，你會有什麼樣的想法？」

「妳是看了哪本小說或是戲劇有這樣的橋段嗎？」路那失笑，即便表面調侃，他仍是思考了一會兒，打算給她個認真的答覆。

好不現實呀——他如此思索著。

他托著一邊的臉頰，望著遠方，思緒逐漸脫離周遭一切，開始想像著坦普絲話中的情境發生。

「我會覺得很不好意思吧，畢竟很多本來只有我自己曉得的事，突然另一個人也全知道了，還有，既然這也包括感情，那是不是代表……他也喜歡妳？」路那捏了捏自己的耳朵，「如果是這樣的話，我應該不會很開心吧，說直白點就是……嗯，我會吃醋。」

坦普絲沒想到會得到這般回覆，原先因瑞普莉喀出現而有些浮躁的心情被他這番話平復許多，甚至不小心因此笑了出來。

「為什麼要吃醋？」她輕笑，將頭靠上路那的肩，原先放在腿上的手也緩緩移動，與他相扣，「我喜歡的是你呀。」

路那癟癟嘴，「因為他跟我那麼像，還長得一模一樣……我當然會擔心妳被搶走。」

坦普絲笑得更開心了。

☾

縱然賽恩提亞與政府再怎麼努力想將消息掩蓋，可隨著末日將近，許多科學機構也站出來發聲，將真相公諸於世。

政府自然是竭盡心力以虛假的官方資料一一反駁科學家們的論點，並痛斥其言論為無稽之談，肆意製造輿論導致人民恐慌，還因此逮捕了好幾位頗富盛名的科學界人士。

此舉不但沒有使民眾的不安平息，反而導致了人心惶惶的副作用，然而，一切仍舊如常進行，即便新聞上總播報著世界末日的相關新聞，世界依舊照常運轉，學生們仍必須到校上課。

距離世界末日來臨尚有六天的時間，月亮的模樣已大至令人畏懼的地步，教室內大家的歡笑聲逐漸消失，本就因茉登之事而低迷的氣氛更是消沉許多，彷彿大家都接受了世界即將毀滅的事實。

只要殺了路那，就能解決這些事態，一切將回歸安寧——坦普絲無比清楚，可直到昨日，她仍是沒有向機構稟報真相。

不過就在昨日晚間，所長與她進行了單獨談話，使她不得不做出最終抉擇。

所長告訴她，幾日前的兇殺案引起了社會的高度關注，他們也發覺了路那在監視器畫面中的異常，對此感到高度懷疑，希望坦普絲在明日放學時分，將路那帶返機構進行分析。

而坦普絲也終於明白，她再無法隱瞞真相，自己要不是選擇聽命於機構，便只能帶著路那逃亡。

「或者若妳發現了足以確認他為吸血族的證據，也能選擇直接結束他的性命，後續的部分機構會為妳處理，不必擔心會背負任何責任。」最後，所長如此告知，「坦普絲，世界的命運掌握在妳的手中。」

「……是。」當時，坦普絲面無表情地答，即便胸口的那顆心盈滿了無止盡的恐懼。

在一夜掙扎過後，坦普絲得出了最終的結論。

她要帶著路那離開。

經歷過如此漫長的輪迴，她早已心如死灰，而路那猶如在她生命中出現的一點星火，是她此刻對於這世界唯一的留戀。若失去了他，於坦普絲而言，活著的意義也將不復存在。

若這世界沒有了路那，究竟還剩下什麼值得她去拯救的理由？

即便這樣一來便是與賽恩提亞、與這個世界為敵，為了路那，她也必須守護他直到最後一刻才行。

為了不留下任何紀錄，她在腦中擬定了大略的計畫，打算於今日一到校後便準備實行。

首先，虎口的定位晶片是賽恩提亞能輕易掌握她行蹤的工具，必須將其取出，至於與用來機構通訊的手環……她也必須脫下，兩者一同留下才行。

今日一早，在進校門後，坦普絲並沒有立刻進到教室，而是去了趟保健室，趁著沒人的空檔拿走了裡頭的酒精、紗布及膠帶，也順便帶走一個用來裝冰塊的小夾鏈袋。

而後，她又至販賣機購得一些食物與飲用水，放到塑膠袋裡頭，打算當作逃亡期間的糧食來源。

在早自習時間，她沒有待在教室，而是帶著方才從保健室得到的物品走進化妝室內。

望著鏡子裡頭映照出的面容，坦普絲知道自己正感到害怕，如今，她背叛了賽恩提亞，當被察覺的瞬間，機構便會立即展開全面性的追殺。

——她有辦法與路那在這樣的情況下逃亡六天嗎？

沒有時間徬徨、沒有時間猶豫，必須立刻下定決心。

她抽出口袋內隨身攜帶著的折疊小刀，對準虎口處，在深呼吸了口氣後用力地割開了軟肉——

鮮血汩汩而出，劇痛霎時蔓延至全身，坦普絲咬著牙，呼吸急促。由於疼痛的關係，她連視野所見也逐漸變得模糊。

舉起手來，她耐著痛楚將皮下的微小芯片取出，將它與早就取下的手環一同放至夾鏈袋裡頭。

坦普絲隨後便開始清理自己的傷口，將紗布用以止血，可虎口處仍不斷湧出懾人的鮮紅血液。終於，在換了第十片紗布後，出血的情形緩和了些。

她喘著氣，處理完現場的血跡後，忍著劇痛走回了教室。趁著身旁女同學不注意，她將夾鏈袋放進了對方的書包內，希望藉此拖延機構的覺察時間。

「路那。」坦普絲不再遲疑，直直走向了男孩的位置前。她刻意將受傷的右手擺在身後，不想讓他察覺到任何異常。

這幾日，路那仍是為著自己身體的異狀而感到不安，總待在自己的位置上，表情悶悶不樂。看到這樣的路那，她也時常找他說說話，希望能讓他心裡頭舒坦些，別再多想。

路那愣愣地望著她，看起來尚未完全從自己的思緒中抽離。

「你願意相信我嗎？」她輕聲問，嘴角微微勾起。如今的每分每秒，她都必須耗費許多力氣，才能忽略痛楚的刺激，讓自己看來如平時一般正常。

同時，她也朝路那伸出了自己的左手。

「什麼意思？」路那看著她伸出的手，表情很是不解。他也同樣地，對於自己居然有股莫名的衝動想要牽住她的手此事感到疑惑。

「我會保護你的。」沒時間向他解釋太多，坦普絲便直接拉起他的手臂，將他從座位上拉起，「跟我走。」

帶上方才購買的維生用品，坦普絲沒有帶走其他多餘的物品，就這樣拖著路那離開了教室。

「坦普絲？妳要做什麼？」一路上，路那都不停詢問著坦普絲同樣的問題，卻都得不到回覆，「坦普絲！」

「路那！」終於，坦普絲在後門停下，轉身朝他大吼，表情看來非常哀痛，「你要被殺了，我要帶你逃走。」

路那僵在原地，不敢相信自己聽到了什麼。

「等我們安全了，我會跟你解釋的。」坦普絲咬著唇，向他走近了幾步，恢復冷靜後問，「路那，你可以相信我嗎？」

路那也忘了，自己究竟是從何時開始把眼前的女孩放在心上的。

是當他看見放學後的教室裡，被夕陽所照耀的那道身影時嗎？還是看到坦普絲總一個人行動，因此主動向她搭話的時候？

也或許是第一次看見她露出了微笑時，抑或那晚在音樂教室四目相接的瞬間。

而如今，這個女孩問了他「你願意相信我嗎？」、「你可以相信我嗎？」。

「我……」他開口，「我們要逃走，是嗎？」

坦普絲點點頭。

為什麼要逃、理由是什麼——好像此刻，背後的原因早已不是那麼重要了。

新聞上說世界末日要來了，坦普絲說他要被殺了，在聽聞這兩個荒謬的消息，以及在兇殺案那晚自己的身體經歷了無法解釋的變化後，無論現在做了什麼荒唐的事似乎都不足為奇。

「那，走吧。」眸子內的遲疑消失殆盡，這次，換他主動抓著坦普絲的手，往出口處狂奔。

在兩人逃出校園後，路那先是問了句「要去哪」，坦普絲這才想到自己並沒有計劃要逃往何處，畢竟去哪兒似乎都可能被機構發現。

於是，路那便拉著她往山的方向奔去。

「為什麼要往這邊？」坦普絲便喘著氣邊問，感覺虎口的傷口再度撕裂，血染紅了潔白的紗布，疼痛感使她在這樣的寒冬冒出了冷汗。

「就是有股莫名的直覺，我也不曉得該怎麼解釋。」路那沒回頭，也因此尚未發覺她的不對勁。

兩人就這樣逃到了山腳下，原先路那想循著柏油路往上走，可坦普絲擔心這樣太容易被發現，便帶著他進到路邊的林子內，想著此處遮蔽多，車也開不進來。

持續不斷的奔跑令兩人的體力瀕臨透支，坦普絲先扶著一根樹幹停了下來後，靠在上頭稍作休息。見她神情痛苦，路那覺得有些不對勁，這才察覺到她一直掩著自己的右手掌。

「妳受傷了？什麼時候的事？」他瞪大眼睛。

坦普絲一頓——不能讓路那看到傷口。

如今他已覺醒了吸血衝動，若見到了如此血淋淋的傷口，有可能如同目睹屍體時那般失去理智也說不定。

「沒事，我……」

無視坦普絲的反抗，他將她的左手扳開，終於瞧見那血染的紗布。

身體逐漸燥熱，腦袋裡頭有什麼正蠢蠢欲動，路那的心跳逐漸加速，思緒隨之變得紊亂——

「路那！」坦普絲的叫喚拉回了他僅存的理智，明明現在最需要在意的是她的傷口，面露擔憂的卻也同樣是她。

「你還好嗎？」她將左手覆上他的頰，想藉此讓路那冷靜些，也順勢將右手藏到身後，不願再度刺激他的感官。

「妳知道原因……是嗎？」路那揪著胸口，有些難受地問。

猶豫了幾秒，坦普絲抿抿唇後點頭。

路那喘了幾口氣，有些不穩地扶著一旁的樹幹，模樣看來極度痛苦，彷彿下一秒就會失去理智。

坦普絲明白，他現在的吸血衝動已瀕臨無法克制的地步，若放任不管，逃亡將會難以繼續。她看著他難受的模樣，內心有些掙扎，最後背過身去，將髮絲撩到前方，露出雪白的頸脖。

「路那，如果你受不了，可以……」她有些艱難地開口，「可以吸我的血。」

她是知道的，一旦路那吸了血，緩解目前的吸血衝動後，不久後便會猶如毒癮般，再度產生新一波，且更為強烈的衝動。

不過事已至此，再過六天世界便會毀滅，即便路那吸了她的血也無妨。

聞言，路那的最後一絲理智也隨之崩潰，他按著坦普絲的肩，全身都在顫抖。坦普絲感覺身後傳來溫熱的吐息，幾秒過後，後頸傳來一陣刺痛，路那將獠牙刺進了她的肌膚內。

在攝取坦普絲的少量血液過後，路那先是無力地癱坐在地，隨即恢復了理性，對於自己方才的所作所為感到懊悔。

口中的血腥味告訴他一切都是真的，自己如同怪物般，將尖牙刺進了坦普絲的身體內，吸取了她的血液。

坦普絲蹲下身來，關心他的情況，「有好一點了嗎？」

「對不起。」他看著坦普絲雪白肌膚上仍微微滲著血的傷口，神情慌張，「我不知道自己怎麼了，我——」

「沒事的。」坦普絲搖搖頭，接著張開了手，輕輕將他擁入懷中，「這不是你的問題。」

原來擁抱是如此溫暖的行為——她闔上眼，勾起了一抹滿足的笑。

方才的疼痛感被她逐漸淡忘，只要與路那待在一塊兒，世界末日來臨也不那麼可怕了些，甚至她對於自己背叛世界的選擇而產生的愧疚感也煙消雲散。

果然她帶著路那逃跑是正確的選擇，果然她無法眼睜睜看著路那被機構所殺。

果然自己真的很喜歡路那。

「路那，我們繼續逃吧。」她柔聲開口，稍稍仰起頭來，仰望在枝葉縫隙間透出的血色明月。

偎在她胸口的路那聽見了她心臟的鼓動，這樣的聲響令他感到安穩，方才的不安也隨之平息。

「好。」他應聲，同樣也伸出了自己的手回擁了對方。

☾

天色漸暗，由於坦普絲與路那皆沒有攜帶任何電子產品在身上，因此無從得知目前時間，可就天邊西斜的夕陽看來，或許已經放學了。

她想，機構此刻肯定也發覺了她帶著路那逃跑一事，正與政府聯絡，準備派出大規模的人力將兩人抓捕吧。

傍晚的森林僅有些許光線自枝葉縫隙透出，方向也變得有些難以辨別，加上體力的消耗，兩人前進的速度慢了許多。

在進到山裡前，學校及路邊的監視器肯定捕捉到了他們的行蹤，要找到他們只是時間早晚的問題，坦普絲只能賭一把，希望在末日的時刻來臨前，兩人都不會被機構所發現。

「好像快到了……」路那望著遠方，喃喃道出這句不明所以的話。

「到哪？」坦普絲不解。

感覺頭部傳來一陣刺痛，路那稍稍扶著太陽穴的部位，「我也不曉得怎麼說明，就是一種莫名的直覺。」

「我相信你。」

縱然絲毫沒有科學根據能夠解釋路那這莫名的直覺，可打從一開始，包括吸血族的特性、月亮的靠近，這些都是無法以常理來解釋的現象。

坦普絲將全心全意地信任路那，不只是由於他身為吸血族而與月亮的聯繫，更因為他是自己所愛之人。

兩人繼續前進，當太陽西沉，林中僅存的光源只餘下赤月的微弱光芒，而隨著夜晚來臨，路那似乎也與月亮產生共鳴，感覺體內流動的血液逐漸滾燙，五感也變得愈發敏感。

「坦普絲，牽著我的手，小心腳下。」路那感覺視野所及之處清晰得很，自己能清楚掌握深林內的一切，於是他伸出了手，打算領著坦普絲前進，以免她意外受傷。

坦普絲毫不遲疑地握住了他的手掌，兩人雙手交疊之處傳來暖意，路那上升的體溫透過相牽的手蔓延她的全身，緩緩流淌進她心口。

走著走著，路那忽然停下了腳步，直勾勾地盯著前方，「就是這裡。」

「什麼？」坦普絲眨眨眼，覺得周遭與方才所見並無太大差異。

直到她看見路那伸出手指，並循著他所指的方向看去時，才瞧見面前有一間模樣老舊的木屋。

坦普絲瞪大眼，對於自己方才居然全然沒有注意到近在眼前的木屋而感到詫異，明明離他們如此之近，在月光的照耀下也不至於忽略才是。

路那緊握著她的手，帶著她緩緩往前，小心翼翼地推開木屋的門。

眼前一片黑，坦普絲有些不知所措，這兒看來也沒有任何電源，許是多年無人使用而廢棄的木屋。

「妳先站在這。」路那輕輕鬆開了她的手後，便暫時離開了她身旁。

坦普絲聽見了翻找東西的聲響，可她仍是不曉得發生了什麼，畢竟這兒幾乎沒有光能照進來，她尚未適應黑暗。

路那在火爐附近找到了一盒火柴，將其包裝打開後朝側邊砂紙一劃，便閃出一陣火光，他將點燃的火柴丟進爐內的乾柴，靠著火光的照耀，屋內有了微弱的光源照明。

隨後，路那又點燃了另一根火柴，將屋內各個角落的蠟燭都點燃。

這下，坦普絲總算是能一窺這個木屋的全貌，裡頭的物品看來非常老舊，沙發上也堆了一層厚厚的灰。

深林內居然還有這樣的地方——她在心裡默默驚嘆，想著看來能將這兒當作兩人的落腳處，稍作歇息。

「路那？」見路那盯著地面木板沉默不語，她不禁出聲關心，走到了他身旁。

「這裡好像有什麼東西。」路那緩緩蹲下身來，隨後拆開了他覺得可疑的那塊木板。

裡頭的東西令兩人同時頓了幾秒。

木盒內放著一疊以棉線穿在一塊兒的紙張、鑲嵌著紅色寶石的戒指、一把型號老舊的手槍與幾顆子彈。

路那下意識地伸出手，拿起了那疊泛黃的老舊紙張，凝視著上頭的字句。

——「致，有幸存活而得以繁衍的，我等月亮的子民。」

☾

距離世界末日還有一個月的時間，除了人類可利用土地大幅減少、資源越加枯竭以外，其餘的事都與先前相去不遠，一切都讓坦普絲確信，這次事態必然能在她的掌握中，縱然出現了如瑞普莉喀這樣的變數，最終的結局也必然如她所追求的那般。

她本還擔憂著瑞普莉喀會成為她所願安寧中最大的威脅，可昨日晚間兩人在機構走廊碰巧見面時進行了短暫的談話，瑞普莉喀告訴她，今日她能別在意機構的追蹤，若想與路那做什麼就儘管付諸實行，不必有任何擔憂。

「為什麼？」坦普絲不明白她為何這樣說。

「明晚我有想跟所長討論的事，在結束後，我打算啟動能力。」瑞普莉喀面無表情地答道，「所以，妳可以做妳想做的事。跟路那一起離開學校、一同去附近走走、去他家參觀……妳想做什麼都行。」

她繼承了坦普絲的記憶，正因如此，她無比清楚坦普絲那些貪心的慾望，知道她想與路那擁有更多的快樂、陪伴他更長的時間。

「妳——」

「明天晚上十點我會到能源室，返回二十四小時前。」丟下了這句話，瑞普莉喀便邁開腳步，往自己個人房間的方向走去。

坦普絲在原地愣了許久，雖說心裡頭仍是充滿了疑惑，可不得不說，有那麼一瞬間，她的確對這得來不易的機會感到期待。

於是，今日一早到校，她的喜悅都寫在臉上，路那見著了，對此感到好奇，「發生什麼好事了嗎？」

路那難得見她如此開心，看到她的笑容，他也同樣由衷感到喜悅。

「路那！」坦普絲興奮地喚，挽著他的手臂，眸子裡閃爍著光，「今天放學，我們一起離開學校吧。」

以往，無論面對同學們甚至是路那的邀約，她只能以諸如「自己有事」、「家教很嚴」之類的理由回絕，無法在放學後與他人有過多接觸，只能看著路那離去的背影。

雖然起初有些懷疑瑞普莉喀所言，可在幾經思量後，她仍是選擇信任對方，畢竟她找不出任何瑞普莉喀欺騙自己的理由。

可她同時也感到困惑——瑞普莉喀為何要刻意讓她得到這樣的機會？

「放學？但妳不是都很忙嗎？」路那眨眨眼，有些訝異會得到這樣的回應。

「今天正好有空，所以想要約你一起。」她帶著笑回答，藏不住自己的雀躍，「除了公園，我們還沒有在學校以外的地方互動過呢。」

路那挑眉，也跟著笑了出來，「那妳想要去哪？」

「只要跟你待在一起，去哪裡我都會很開心。」坦普絲朝他湊近了些，望進他的眼眸深處。

「妳總說這些有的沒的。」路那戳了戳她的鼻尖，兩人都笑得很開心，「昨天開始在我家附近有一場冬日市集，妳想去嗎？」

即便末日將近，可由於位於不受海平面上升威脅，也並無糧食危機的區域，這個鎮上的所有人仍是如同沒事般地生活，娛樂場所照常營業，頂多僅在遇到大雪時民眾的生活較為不方便些。

政府與賽恩提亞將機密情報封鎖得滴水不漏，導致一般民眾如今尚沒有意識到任何不對勁，也是因為如此，坦普絲才能享受這樣平和的日常生活。

就像奇蹟一樣。

「好。」她用力點點頭，從現在起便開始期待放學後與路那的約會。

晚間八點，賽恩提亞所長室內。

「所長，對你而言，『愛』是什麼呢？」在結束方才關於因應末日將近的對策討論後，瑞普莉喀沒有離開所長室，而是繼續坐在沙發上，詢問了這樣的問題。

聞言，所長頓了下，隨即勾起一貫的優雅笑容，「這個問題有點抽象呢。」

瑞普莉喀抿抿唇，思考著該如何將這個問題說明得具體些。

「愛一個人應該是什麼樣子的？」幾秒後，她再度開口。

所長並沒有立刻回答她的問題，而是稍稍抬起頭來，望向牆上掛著的，他與馮思的合照。

那是兩人十五年前出席晚會留下的一張合影，對於當時的一切他仍歷歷在目。那是馮思最喜歡的一張照片，然而，卻在晚宴結束後的幾個月，馮思罹患了以當時醫療技術仍無法治癒的絕症，開始無法自在行動，必須仰賴輪椅的幫助。

後來，原先開朗的馮思失去了那份對於生活的熱愛，臉上的笑容也逐漸褪去，為憂傷及痛苦所取代。

他仍記得，馮思曾提出要與他離婚的要求，說是自己不想成為他的負擔，讓他放下自己，找一個健康的女人相愛。

可他拒絕了，因為他愛的是馮思，唯有馮思。

這樣的愛又是什麼樣子的呢？

「想與她永遠在一起，不論她是什麼身分、什麼模樣。」良久，所長開口回覆了她的問題，「她是我的全世界，比一切都還要重要。」

瑞普莉喀靜靜地聽著他的回答。

「我多麼希望生病的、死去的是我，而馮思能平安地活下去——我曾這樣告訴她，但她卻告訴我，如此一來她的餘生都會帶著痛苦活著，可我又何嘗不是這樣呢？」所長自嘲般地笑了笑，「我希望自己承受的痛苦比她還要多。」

「如果能復活健康的馮思小姐，你願意付出什麼樣的代價？」瑞普莉喀輕聲問。

「全部。」所長毫不猶豫地答，「資源、財產、他人的性命、我的性命——我能付出一切，就算將成為惡魔也在所不惜。」

瑞普莉喀沉默了一陣。

自己又能為路那付出什麼呢？

說來，什麼才是路那想要的呢？

——「我會一個人去死的。」

驀然間，她想起了路那所言。

「所長。」她又問，「如果……如果馮思小姐還在世，而她是我們正在追捕的吸血族末裔，那——」

「別思考沒有意義的問題。」所長打斷了她的發問，表情嚴肅，不怒而威。

「為了這個星球的未來，你會殺了她嗎？」瑞普莉喀不顧他警告般的眼神，將心中所想問了出來。

這是坦普絲曾問過的相似問題，可當時卻得不到所長的回覆。

「瑞普莉喀。」所長銳利的目光瞪著她，讓她不許再提出這樣假設性的問題。

「所長，請你回答我。」她語氣不帶絲毫畏懼，畢竟她擁有異能，若是真出了什麼問題，也能透過啟動能力來返回過去。

「所長！」見對方遲遲沒有做出回應，瑞普莉喀有些激動地喚著，緊握著拳頭，顯然對於他的靜默感到不滿。

她想知道所長的決定為何，想知道坦普絲曾經得不到的答案是什麼，如此一來，她才有辦法決定自己往後的方向。

所長有些吃驚地瞠大雙眸，對於瑞普莉喀的情緒波動感到有些訝異。

「……這並不是我能決定的。」良久，他緩緩開口。

他不會讓任何人殺了馮思，他會傾自己的全力保護所愛之人，能殺了馮思的，只有——

「我會讓馮思做出選擇。」他垂眸，「如若她希望世界毀滅，我將陪著她一同迎接末日。而若是她希望這個世界延續，我也將遵照她的意願。」

能殺了馮思的，只有她自己而已。

☾

今天，我們的住所被發現了。

為了讓我跟母親逃走，父親拿著斧頭擋在門口爭取時間，但我們的武器比不過那群人。

我聽到了幾聲槍響，但我看不到發生了什麼，因為母親捂著我的眼睛，要我跟著她快點跑。

後來，父親的吆喝聲不見了，槍聲也不見了。

當我忍不住回頭，我看見了父親倒在地上，身體像破爛的娃娃一樣殘破不堪。在我頭暈，好像快昏倒的時候，母親又遮住我的眼睛，告訴我，小孩子不能看到這些。

好可怕。

但那些人更可怕。他們在父親斷氣後繼續追在我們身後，後來我沒力氣了，母親背著我逃了好久好久，最後我們來到了這間木屋。

母親說，這裡有月亮的庇佑，只要看得到月光，我們就不會被找到。

泛黃且有些殘破的紙張上頭記載了這麼一段文字，路那看著寫著日期的字跡，是距今約六十年前所發生的事。

「這是……吸血族留下的紀錄。」坦普絲拿起一旁的戒指稍作端詳，確信了這個猜測。封面所寫「月亮的子民」，紀錄所言「月亮的庇佑」，以及這枚曾在其他吸血族身上搜索到類似的戒指——種種證據都能驗證這兒或許是與吸血族相關的地點。

「吸血族？」路那稍稍皺眉，不明白她所說代表什麼。

「路那，在你繼續閱讀前，我必須告訴你真相才行。」坦普絲覆上他的手，讓他先放下手中的紙張，拉著他坐到了火爐旁取暖。

「妳的傷口……沒事嗎？」見她刻意在他面前藏著自己右手的傷，路那也不曉得真實情況究竟何等嚴重。

坦普絲搖搖頭，表示並無大礙。她偷偷瞄了眼血染的紗布，已經氧化成了暗紅色，疼痛感依然存在，現下也沒有東西能夠處理傷口，雖說事前有先消毒過一遍，可仍有部分機率造成細菌感染，導致傷口惡化。

不過在那之前，或許世界末日會先來臨吧。

「路那，接下來我要告訴你的事，你可能會覺得過於荒謬，但請你相信一切都是真的。」她稍稍抱著膝，視線盯著正熊熊燃燒的柴火。

「……嗯。」路那猶豫幾秒後應聲。

「首先，世界末日是真的要來了，新聞上說的都是真的，科學家公布的資料也沒有錯誤。」坦普絲首先道出了這無比駭人的事實，「月球正加速朝地球靠近，而月球內部的引力也逐漸增大，這代表月球不會解體，最終會與地球相撞……就在六天後。」

路那先是瞪大了眼，表情震驚，隨後便平復了激動的心情，垂下眸來，「是嗎。」

雖然這的確是令人不可置信的消息，可坦普絲說得如此自然，他現在想選擇相信她。

「末日的來臨，跟吸血族有密不可分的關係，也就是你方才看到的『月亮的子民』，那就是吸血族的另一個稱呼。」隨後，坦普絲簡單向路那說明了吸血族的特殊性與群體的流變，以及如今只餘下最後一人的事實。

「所以——」

「我是吸血族，對嗎？」路那笑了出來，覺得一切的一切皆無比荒唐。

可他如何能不相信？

打出生起便被月亮所吸引，目睹兇殺案後犬齒的變化，甚至是方才逃亡時他攝取了坦普絲的血液——這些不都說明了自己就是對方話中所言的吸血族嗎？

坦普絲抿唇，有些擔心他是否無法接受這樣的事實，「嗯。」

她稍稍移動身子，與路那的肩貼在一塊兒，想盡可能讓他感到安心。

「離開學校前妳說我要被殺了，跟我是吸血族有關係嗎？」他提問，怕坦普絲冷，便伸出手攬住她的肩，讓她靠在自己手臂上。

「……嗯。」她伸出左手，扣著路那放在地板上的手。

既然世界末日都要來了，為何還要執著於他這僅存的吸血族末裔？

方才坦普絲尚未詳細說明，不過路那猜想，或許與她所說「有密不可分的關係」相關。

該不會——

「因為吸血族的存在，導致地球對於月亮的吸引力，所以……殺了我就能解決問題？」

他將自己的推論問出口，也不清楚自己是由於寒冷或者對於真相的畏懼而顫抖著。

坦普絲頓了下，凝望著他的側顏，也明白他目前的徬徨，「……大致正確。」

她更深入地向路那解釋了吸血族與月亮間的關係，並說出了自己一直以來便埋在心中的猜測。

「但這樣的情況卻正好發生在只剩下身為末裔的你存活那刻起。」坦普絲加重了手掌的力道，感受他灼熱的掌心傳來的溫暖，「所以我想會不會……這是類似『詛咒』的現象？」

她想，等與路那解釋完一切的來龍去脈後，再度閱讀方才的紀錄，裡面或許有一切的解答也說不定。

「坦普絲。」路那輕喚，自始至終都沒有對她產生懷疑，「為什麼妳會知道這麼多？」

「因為我是賽恩提亞的人。」坦普絲咬著唇道出了自己的身分，與此同時，她悄悄收回自己的左手，認為自己沒有資格接受路那的溫暖。

畢竟自己方才也告訴他了，受政府所命令所追捕吸血族，並將他們用以非人道人體實驗的，便是賽恩提亞，國內的最高科學研究機構。

路那沒有出聲，而是側過臉去，朝她勾起了一抹淺笑，隨後主動將手往右方移，再度牽起了她的手。

「妳知道我是吸血族卻沒有殺了我，反而帶著我逃跑。」路那改變了姿勢，側過身，將另一隻手撫上了她冰冷的臉頰，「原因是什麼？」

或許自己是知道的，問出來只不過是想親耳聽到她所說的答覆罷了。

「我……」坦普絲望著他的眼眸，裡頭映照出了身旁的熠熠火光。她想，或許自己這漫長的追尋，都只不過是為了在旅程的盡頭與路那相遇。

一股酸澀蔓延至眼眶，淚水已然在眸子裡打轉，可最後，她仍是收回了自己的眼淚，勾起了唇角。

「路那，我喜歡你。」她啟唇，將自己的心意傾訴。

聞言，路那愛憐地輕拍了拍她的髮頂，在她額上印下一個輕吻。他沒有對此做出言語方面的回應，最後也僅是揚起一抹略顯悲傷的笑。

如果能與她永遠在一起就好了——他闔上眼，輕嘆了一口氣。

在讓路那閱讀接下來的紀錄前，坦普絲先向他說明了兩人目前必然正被全面搜索的情況，並且將木盒內的槍拿起，在裡頭裝了子彈。

由於賽恩提亞曾讓她進行過槍械的訓練，也因此對於手槍的操作她自然是熟練的，在鎖上保險後便將槍交到了路那手上，向他說明手槍的使用方法。

她曉得，就算自己再如何背叛機構，他們也不可能殺了她，畢竟她是目前唯一擁有異能且得以行動的人類，因此相較之下，保護路那的人身安全是更為重要的事。

「你要把它隨身帶著，當遇到危險的時候別猶豫，立刻推開保險開槍。」坦普絲如此叮嚀。

「……嗯。」路那茫然地盯著手上的槍，一瞬間有些不知所措。

他知道自己尚未做好萬全的準備，早晨會跟著坦普絲一起逃走也不過是憑著一股直覺與莫名的衝勁，誰能想到居然會是與整個世界為敵？

隨後，兩人再度蹲下身，拿起了方才尚未閱畢的紀錄。

坦普絲思索著第一張紀錄的最後所謂「月亮的庇佑」，是否因為如此，方才要不是路那特別提醒，否則她根本無法看見近在咫尺的木屋？

看得到月光就不會被找到……若真是如此就好了，否則，他們也實在無路可逃，被發現蹤跡也不過是時間早晚的問題。

「看來是同一個人寫的。」路那指著第二張紀錄上頭的字跡。

偶爾在看不到月光的時候，我們會躲進附近的洞穴。在糧食耗盡的時候，我們只能冒險離開屋子，到附近去尋覓食物。

好幾次母親都想把我丟掉，但我不想，因為我想跟她一起活下去。母親總是不讓我跟她一起行動，她說我在成年前都不會被發現是吸血族，叫我要一個人好好活下去。

但就在前幾天，母親出去尋找食物後，就再也沒有回來了。

我寧願相信她把我丟掉了，應該要是這樣的。

就在今天，我去尋找食物的時候，我在地上看到了她的戒指。那是她從來沒有拿下來過的東西，因為母親說那是寶物，說是等我有了自己的孩子，她也會把戒指傳給我。

不過，附近沒有血跡，所以我還是想要相信，母親不要我了，所以把我一個人丟在這裡。

曾經，賽恩提亞在奉命消滅吸血族時，並不會完全依照指示立馬將其殺害，更有可能把發現的個體活捉回機構內進行實驗，直到失去利用價值為止。身在賽恩提亞的坦普絲非常清楚這點，她想，記錄者的母親便是當初機構所活捉個體的其中之一。

路那緩緩拿起了一旁的戒指，當他觸碰到上頭的寶石，裡頭的核心處便微微散發著淡紅色的光芒，他不禁想起了外頭高懸的明月，月亮也同樣有著這樣的赤色光暈。

他翻開紀錄的下一頁，與坦普絲繼續閱讀。

我只能一個人活下去了。

我不曉得自己的同胞在哪裡，不知道父親跟我說過的「故鄉」在哪裡。

我已經很久沒有注意日期了，現在是幾月幾日，甚至是哪一年我都忘了。所以，我也不知道自己哪時候成年。

這幾天我總是在想，為什麼當初父親會死呢？為什麼我們不能像一般人一樣好好生活呢？

因為我們是月亮的子民嗎？因為我們是他們說的「吸血族」嗎？

但我們明明沒有吸過別人的血。

父親沒有，母親沒有，我也沒有。我知道他們都想吸血，但他們忍住了，他們沒有吸過任何人的血。

這樣的我們究竟做錯了什麼呢？

「還好嗎？」見路那神色怪異，坦普絲有些擔心地問。

「沒事。」路那搖搖頭，深呼吸了口氣，再度將紀錄翻往下一頁。

他們不曉得內心深處的共鳴感為何，明明今日以前他都不曉得吸血族的存在及其歷史，可僅僅是看著這些曾經的族人留下來的文字，他就覺得自己彷彿與對方一同體會了其中的無力與悲傷。

他沒有立刻閱讀下一篇紀錄，而是再度往後翻，卻發現下一張紙便是這個「我」所留下的，最後的痕跡。

我找到了其他族人寫下的紀錄。

我把它們放在一起，戒指也是，槍也是。

我就要離開這裡了，希望之後有誰能來到這裡，有誰能發現這些東西，就如同我找到了先人留下的紀錄一樣。

我想，我也會跟他們一樣，對這個世界留下月亮的詛咒吧。

那將會是積累了我們千百年來的憤怒、悲傷、嗟怨而形成的詛咒。

我們自月亮而生，而月球遵從我們的意志將世界終結。

最後，我們將會共同迎來毀滅。

「我」所寫下的文字便到此為止，閱讀過後直到好一陣子，路那才再度翻開下一頁，一窺其餘的紀錄，其中記載的大部分皆是他們一族被迫害的經過與歷史，僅僅是淺白的文字，卻令人感到絕望與痛心。

原來自己跟他們一樣是吸血族。

原來自己身上竟背負了這樣的宿命。

所有族人的怨恨與詛咒積累在身為末裔的他身上，啟動了吸血族與月球間強大的連結，導致了世界即將毀滅的根本原因。

可這終究不是他所經歷。至今的人生，路那自認過得平安順遂，他有自己的家人、朋友，如今還有了坦普絲。

這樣的世界，卻因為前人所留下的歷史而必須迎向毀滅。

路那無力地癱坐在地。

見他模樣如此不尋常，坦普絲沒多想便將他擁入懷中。

「路那，你別在意這些，你不會跟你的族人一樣被殺害，我會陪你一起的。」如同深怕路那下一秒便會消失，她緊緊抱著他，「大家都會跟你一起迎來末日的。」

「不。」路那闔上眼，「只犧牲我一個就好。繼續這樣下去，所有人——包括我自己都會死。可如果只有我一個人離開，世界能夠恢復安寧，這是很簡單的取捨，是連三歲小孩都能做出正確決定的。」

沒想到在閱讀完那些紀錄後，路那仍會說出這樣的言論，坦普絲頓時慌了許多。

「但、但憑什麼是你？你什麼也沒做，這不是你的錯！」她有些激動地說，「怎麼可以……」

「或許吸血族的誕生就是罪惡的根源。」路那苦笑，「我們是會吸血的怪物，光活著本身就是原罪，說不定打從一開始就不該存在。」

「不是的！」坦普絲反駁，「沒有人是背負著罪惡出生的，何況你從沒有傷害任何人，你的許多族人也沒有，吸血族是被這個世界迫害的受害者，現在這樣是他們對於世界的報復，是這個世界虧欠吸血族的償還，大家都應該要陪葬。」

「那你們又做錯了什麼呢？吸血族並不是妳殺害的，不是我的家人、我的朋友殺的，為什麼你們要跟著一起毀滅？」路那反問，輕輕撫著她的髮絲。

「這……」坦普絲一時之間不曉得該如何回覆才好。

「坦普絲，我吸了妳的血，我傷害了妳。」他輕聲低喃。

「那是我自願的，我也沒有任何不適，何況、何況你已經很努力在阻止自己了，我想是因為月亮的影響加劇才會控制不了……」她緊緊揪著他的胸口，「路那，你別……別做傻事，你相信我，我會保護你的。」

路那沒有再反駁她的說法，卻也沒有答應她。

他站起身來，輕輕推開木屋的門，準備離開室內——

「路那！」坦普絲拉住他的手臂，淚水終究是忍不住滴落，「不要走……」

路那輕笑，轉過身輕輕拂去她的眼淚，「我沒有要走，只是想在明白一切真相後，到外頭去看看月亮。」

坦普絲有些委屈地點點頭，跟在他身後走出了木屋，仰望夜空中的月亮。

世界末日即將在六天後來臨，肉眼所見的月球已變得無比龐大，血紅色的月亮看來非常駭人，可看著這樣的月球，兩人的內心連一絲畏懼也找不著，面容異常平靜。

「路那。」坦普絲流著淚，「留在我身邊，直到最後一刻，好嗎？」

這次是真正的世界末日了。

與以往不同，她將不會再啟動自己的異能，要真正地迎接末日的到來，直至終焉之時都與路那待在一起。

即使眼前等著她的是毀滅與死亡，她卻沒有絲毫恐懼，甚至坦普絲覺得，此刻便是她人生中最為幸福的時刻。

說不定她就是為此而生的。

「路那。」她以為路那因著看月亮看得入迷而恍神，便拉了拉他的袖子。

然而，路那仍舊沒有給她回應，僅僅是帶著那無比溫柔的笑，將自己心愛的女孩擁入懷中。

站在瑞普莉喀的房門前，坦普絲猶豫許久，舉起拳頭後，準備敲下——

「坦普絲。」身旁傳來一道與自己極其相似的音色，她不由得打了個冷顫。

坦普絲側過身去，發覺瑞普莉喀正站在自己身旁，甚至她方才全然沒聽見對方的腳步聲。

「找我有什麼事嗎？」瑞普莉喀解開了門邊的指紋辨識鎖，在門打開後走了進去，「進來說吧。」

雖說走廊上沒有他人在，可為了以防萬一，兩人還是在房間內進行談話較為安全，畢竟她們的談話內容勢必不能為機構所知曉。

不過，若真發生了什麼意外，自己也倒是可以啟動異能返回過去就是了——瑞普莉喀這麼想著。

坦普絲乖巧地跟在她身後，在進到對方擺設裝潢幾乎與自己完全一致的房間後，正襟危坐地坐到小沙發上頭。

「我是來跟妳道謝的。」她有些不敢對上瑞普莉喀的臉，那張與自己過於相似的面容，看了總覺得不自在。

「我不認為這有什麼需要道謝的，我也並不是為了妳才這麼做。」瑞普莉喀拿起桌上的馬克杯輕啜了一口，挑眉問道：「雖然路那不會記得發生過什麼，但我還是想問妳，那天他過得如何？是開心的嗎？」

坦普絲沒立刻回答，腦海中回想起那日兩人所做的一切，而後便紅著臉，心虛地別開眼後，輕輕點了點頭。

「我喜歡看路那笑起來的樣子，不過能讓他露出笑容的人不會是我。」瑞普莉喀垂眸，「我很羨慕妳。」

她羨慕坦普絲能得到路那的愛，而自己如同被排除在兩人的關係外，擁有坦普絲的面容、記憶與情感，卻終究無法成為她。

坦普絲沒有回應，她知曉此刻無論回覆什麼，這樣的事實都無法改變。

當見到瑞普莉喀的那日，她曾想過，若兩人的立場交換，自己會有什麼感受。

被對方的記憶所影響，愛上了同樣的人，卻只能眼睜睜看著兩人相愛的模樣——一定是非常難受的吧。

她不曉得對此該說些什麼好，若與瑞普莉喀道歉未免也顯得過於矯情，畢竟這並不是她所造成的問題，以她為藍圖造出瑞普莉喀這個複製人的是賽恩提亞。

「妳之前問過我，我去見路那的那天，我究竟跟他說了什麼、做了什麼。」瑞普莉喀盯著她瞧，眼神試探，「妳想知道答案嗎？」

「……嗯。」坦普絲應聲。可她卻有些不明白，為何當初瑞普莉喀堅持不告訴她，卻又在今日提起了這樣的話題。

「我把一切的真相告訴路那了。」瑞普莉喀說得雲淡風輕，想起路那的回答，左胸口不禁抽痛了下。

同時，坦普絲也憶起了上一次輪迴中，兩人最後的結局，想起滿身是血的路那，她眼眶頓時盈滿淚水，隨時都可能奪眶而出。

「他……他是什麼反應？」她顫抖著問出這句話，模樣在瑞普莉喀看來無比心酸。

當往事出現在夢境時，她也曾這樣哭過。

「路那說……」瑞普莉喀揪著胸口，深呼吸一口氣後給出了答案，「他會一個人去死的。」

聽到這樣的回覆，坦普絲再也忍不住，捂著臉痛哭失聲。

☾

在木屋裡待了三天，兩人躲藏之處終究還是被發現了。

清晨，當兩人偎在沙發上頭休息時，路那察覺了外頭似乎有些動靜，便小心翼翼地從窗外望出，只見遠方有著一群身著藍白色制服的人正朝木屋前進。

見狀，他趕緊將身旁的女孩叫醒，簡單說明了目前的情況。而坦普絲也立刻認了出來，那群人便是身著賽恩提亞制服的人員。

既然都找到這兒了，兩人被發現的機率便是百分之百，既然如此，待在室內並不會較為安全，必須逃走才行。

雖說感到絕望，可現下也沒有時間讓她多想，坦普絲拉著路那來到了門邊，說是待會他趕緊先衝出去，她則跟在後頭。

「但槍在我這邊……」路那抓著她的手，不希望看見她身陷險境。

「他們的目標是你，你能逃走才是最重要的。」坦普絲搖搖頭，立刻下了判斷，「路那，你待會不要管我，先趕快逃到安全的地方，就算只剩自己一個人，也要好好活到最後。」

好不容易終於得以迎來末日，難不成她的想法還是太天真了嗎？或許她的準備不夠充足，兩人才會被發現行蹤。

「倒數結束後，我們就一起跑出去，你靠著你的直覺行動就行。」坦普絲勉強勾起唇角，希望藉此讓他安心些。

路那遲疑幾秒後點了點頭。

「三、二、一……」當倒數結束，坦普絲推開了門，兩人迅速邁步衝了出去。

樹葉摩擦的沙沙聲驚擾了賽恩提亞派出的人員，他們立刻動身往聲源的方向跑，果不其然在遠方的樹木間見著了兩人的身影。

由於兩人的身影過於重疊，現在貿然開槍極有可能傷到位於後方的坦普絲，因此他們也不敢隨意行動，只能盡可能趕緊追上兩人。

「報告，發現目標。」其中一人對著對講機出聲，報上了自己的座標。

在這幾日間，由於失去了坦普絲的定位晶片，機構僅能透過植入她腦內的晶片所發送出的訊號來分析她的所在位置，這樣的行為本就較為花費時間，加上這段時間以來，訊號如同被干擾般變得微弱且充滿雜訊，才會直到如今才徹底查清兩人的所在位置。

可好不容易找到了兩人的所在位置，這兒卻像是有股莫名的魔力般，嚴重影響著所有人的視線，連瞄準目標於他們而言也變得無比困難。

由於傷口尚未康復的關係，疼痛嚴重影響著坦普絲的思緒，她的腳程自然也無法像路那那樣快。

好幾次路那都想要停下關心她的情況，卻礙於情況緊急而遵照她的指示持續往前，他緊緊握著手中的槍，在幾經掙扎後，照著坦普絲傳授的使用方法推開了保險。

他心一橫，咬著牙回過頭去，舉起了自己的槍，簡單的瞄準過後便朝著離兩人最近的那人開槍。

響亮的槍聲、開槍造成的後座力，甚至是面前倒下的人影都告訴他一切為真實，他對著人開槍了。

路那一陣乾嘔，可隨即拋開了這樣不重要的念頭，為了坦普絲，他勢必得用這把槍保護對方才行。

坦普絲持續跟在他身後奔跑，卻意外被腳下的窟窿絆倒，因此摔了一跤。

「路那，不要管我！」她大喊，「你繼續跑！」

她立馬站起身來，忍著手掌與腳踝的疼痛往前狂奔，卻在幾秒後仍是被後頭追上的人員抓住手臂。

路那往後瞥，隨即看見了她被制服在地上的模樣，她的神情痛苦，似乎是被壓到了傷口。

「坦——」

「不要管我！」她再度大吼，下一秒便感受到什麼東西抵上了她的太陽穴。

「放開坦普絲。」路那冷冷瞪著那人手上的槍，同樣舉起槍瞄準對方，表情褪去了方才的徬徨與畏懼。

在這兒，他覺得自己的視線無比清晰，明明是第一次使用真槍，卻能精準命中自己所想的目標。

見對方沒有如自己所言行動，路那扣下了板機，往那人的手臂射出子彈。

對方吃痛地噺了聲。

「放下你的槍，不准逃跑，否則我們會將她殺了。」另一人隨即接替對方的位置，眼神兇狠。

路那一頓。

身體的本能告訴他必須逃走才行，就算只剩自己一個人，也要努力逃到最後，直至毀滅降臨，可他無法眼睜睜地看著坦普絲遭受生命危險。

「不行！」坦普絲大喊，「路那，他們不——」

他們不會傷害我的。

話尚未說完，路那便鬆開手，原本緊握在手中的槍隨之落下。他的表情並沒有太多猶豫掙扎，彷彿早已做好了心理準備。

耳邊響起一聲槍響，坦普絲瞧見路那的大腿被子彈擊中，頓時流出陣陣鮮血。

「路那！」她流下淚來，不停地喚著他的名字，極力想掙脫箝制，卻始終無法如願，「你快跑！」

求你了。

可路那彷彿沒聽到她的呼喚，手掌撫上大腿處的傷口，手掌被血液所浸濕。

幾秒後，一群人逐漸朝他湊近，其中一個人再度扣下板機，朝他的四肢開槍。

「路那——」坦普絲止不住淚，撕心裂肺地嘶吼著。

當她瞧見路那倒下的那刻，左胸口彷彿有什麼碎了，她不停地喊著路那的名，直至聲音嘶啞仍是不停歇。

其中一人踩著路那的背，抓住他的雙臂，不讓他有所行動，另一人則是上前粗暴地撬開了他的嘴。

兩人交換了一個眼神後，壓在路那身上的那人舉起了自己的槍，自路那身後對準了他的心臟位置。

「不要——」

坦普絲絕望的呼喊被最後的槍響所掩蓋，當壓制住她的那人鬆開了她的雙手，她立刻朝倒在地上的路那奔去。

「路那、路那……」她痛哭著將渾身是血的路那扶起，不停地搖頭，「不要……路那，你不要死……」

「坦……普絲。」路那吃力地睜開眼，由於被擊中要害，他想自己再過幾秒便會失去意識。

他使盡力氣抬起手來，用自己沾滿鮮血的手掌撫去她臉龐上的淚水，「不要哭……」

「你不能死，路那，不可以……」坦普絲痛苦地嗚咽著，「我答應要保護你的，我沒有做到，對不起……路那，我、我……」

她的情緒幾近崩潰，緊緊抱著路那的身軀哭泣，想要救他卻無能為力。

「坦普絲，妳……要好好活下去。」路那勾起一抹淺笑，如同記憶中坦普絲每每瞧見的溫柔笑容。

他感覺身體逐漸失去力氣，周遭的一切似乎都離他過於遙遠，沒力氣再出聲，也無法再睜眼看著眼前哭泣的女孩，靜靜闔上了雙眼。

啊，忘記在最後告訴她了。

我愛妳——也不曉得最後究竟是否有向她道出這句真心話，路那就此失去了意識。

「路那——」再多的叫喚也換不回一句回應，看著再無氣息的路那，坦普絲癱在了他的身子上痛哭流涕。

都是她的錯。

都是她沒有保護好路那。

都是因為自己被當作人質，路那才會死的。

她不應該把槍交給路那的，她應該自己帶在身上的。

她是知道的，在所長的命令下，機構不可能會殺了她，可她卻忘了告訴路那這件事，到最後反而來不及說出口，釀成了無可挽回的悲劇。

若拿著槍的是自己，她便能舉槍來以自己作為威脅，讓機構人員無法立刻做出判斷，爭取逃命時間。

是她的思慮不夠周全，是她害了路那。

可殺了路那的是誰？

殺了路那的是那名工作人員，殺了路那的是賽恩提亞與政府，殺了路那的是整個世界。

從前這世界對於吸血族的迫害導致了末日的危機，為什麼必須承擔這一切的卻是路那？

所有人都應該要跟著毀滅才是。

「路那……」坦普絲摩挲著他的眉眼，露出了一抹悲傷的笑，在下定決心後緩緩在他耳邊輕聲道：「下一次我一定會保護你，我會遵守諾言的。」

在被機構的人員帶回賽恩提亞前，坦普絲吻了他冰冷的唇。

☾

被送回機構後，坦普絲成日裡都關在自己的房內，不願與任何人有所接觸。

她靜靜地倒數著原先末日應該要來臨的日期，等待著能與路那再度見面的那刻到來。

在回到機構時，她瞧見所有的工作人員臉上都露出了笑容，由於在初步測量後，發現對於月球的吸引力已確定消失，所有人都為危機的消失而感到慶幸，唯獨她沒有。

今日本應該是世界毀滅的日子。

原本此刻自己應該要與路那待在一塊兒才是。

再十分鐘。十分鐘後她便能重新啟動異能，返回到三個月前的過去，那個她與路那第一次見面的日子。

她走出房門，緩緩地朝能源室的方向走去。

五分鐘。

三分鐘。

走廊上的廣播器忽然響了幾聲，隨後傳來所長的聲音。

「賽恩提亞全體人員，現在請立刻到第一會議室，即將進行緊急會議。再重複一次……」

原本坦普絲也應該要前往的，可她現在完全失去了那樣的心思，滿腦子想的都是要趕緊啟動自己的異能。

她慢步在走廊上，想著與路那所經歷的一切，又不禁哭了出來。

第一會議室就位於能源室旁，因此她刻意等到了所有人都進到會議室後才冒出頭來，解鎖了能源室的開關。

地上有著許多複雜的線路，而其中大部分都連接著位於能源室最中央的區域，也就是「祭壇」。

過去，操作開關的都是工作人員，可如今所有人都到了隔壁會議室去，因此她便自行啟動了開關。

在確認一切數值都正常後，坦普絲緩緩朝著中央走去，隨後躺至上頭。

她能感受到能量正在緩緩流進自己的體內。

「方才收到計算部門的報告……」隔著一堵牆，耳邊傳來所長利用麥克風向所有人宣告的話語，可此刻坦普絲全然不想在乎這些，現在任何事情於她而言一點也不重要，她唯一想做的僅有啟動異能，回到三個月前的過去，扭轉悲劇的起點。

她緩緩閉上眼，意識逐漸模糊，準備進入到高次元的領域。

——路那，我會改變這樣的結局。

這一次，我絕對會好好守護你的。

第四章　溫柔之月

在與瑞普莉喀進行短暫的談話，以及回憶起那段痛徹心扉的過往後，坦普絲便徹夜未眠，在床鋪上翻來覆去許久仍是睡不著，就這樣拖著有些疲累的身軀來到了校園。

她相信在見到路那後，一切都會好的。

今日，她相較平時早一些進了教室，看著身旁還空著的座位，感到有些落寞。

「坦普絲！」一向早到教室的茉登見她今日特別早來，身旁還少了路那，立刻興高采烈地跑向她身旁，一屁股在路那的位置上坐下。

坦普絲僅僅是瞥了她一眼，沒有想理會她的意思，甚至對於她坐在路那位置上這點感到有些不快。

「妳看起來精神很差呢，發生什麼事了嗎？」然而，茉登的性格太過純真，對她的態度也實在和善，坦普絲雖對此感到困擾，卻無法對她感到反感。

坦普絲輕輕搖頭，希望自己的沉默能令她知難而退。她撐著下巴，望著後門的方向輕嘆了口氣，思索著路那何時才會到校。

「心情不好嗎？還是妳跟路那——」茉登一提到關鍵字，坦普絲便立刻轉過頭去直盯著她，她嚇了跳後才補上後頭的話，「……吵架了？」

坦普絲微微瞇起眼，對於她這樣的猜測感到有些無奈。

「沒有。」她才不願跟路那有所爭執與摩擦。

「原來——」茉登話還沒說完，後門推開的聲音便響起，坦普絲也立刻將視線移至後方，在看到熟悉人影的那刻，撇下身旁的女孩，快速站起身來走到門邊。

以往她在見到路那時通常會與他說的第一句話便是「早安」，可此刻她卻覺得除了擁抱外，沒有任何言語能夠表達自己想要見到路那的渴望。

方進門便被女友抱住，路那有些不知所措，也不曉得目前是怎樣的情況。

「怎麼了？」路那柔聲問，一邊伸出手來拍拍她的背，「坦普絲，早安。」

坦普絲靠著他的胸膛，緊緊環著他的腰，不願意放開這份溫暖。

「想要好好感受這份美好。」她闔上眼，勾起了一抹笑，「路那，你確實在我身邊，你正在跟我說話，你是溫暖的呢。」

不是如同上一次的結局般，路那的身軀逐漸變得冰冷，此刻的路那切實的在她的懷抱中，正與她說著話。

過去的種種恍若惡夢般，彷彿現在這一切才是唯一的真實，兩人不曾逃走，路那不曾死去。

「啊？」路那有些不明所以。

坦普絲搖搖頭。在好不容易返回三個月前的過去，再一次與路那相遇後，她曾想將一切說出口，想為當初的結局而向路那道歉。

是她違背了諾言，是她沒有守護好路那。

她不願再次看著路那死在自己面前了，她想陪著他迎來毀滅。

「我會守護你的。」她輕喃，即便曉得路那聽不見這樣的低語。

☾

今日是瑞普莉喀進行身體檢查與機能調整的日子，由於身為複製人，她的身體素質較常人低了許多，甚至在從「艙」解放過後的不久，所長就向她告知，她有極大的概率活不過一年。

同時，在經由初步的檢查後，也發現了在啟動異能後，由於腦部負荷增大的關係，她的壽命將會逐漸減少。

她對此也並沒有太大的反應，甚至連一絲悲傷也沒有，因為她曉得自己至少能活到末日來臨之時，而那時便會是她的死期。

在前往檢查室的途中，瑞普莉喀想起了坦普絲在自己面前哭泣的模樣。她知曉對方是為何而哭，那些哀傷她也同樣感同身受。

原先她與坦普絲持著相同的信念，相信必須改變上一次那般的悲痛結局，讓毀滅降臨世界，可在與路那見面，以及前幾日與所長的對談後，她卻反倒有些徬徨了。

在得知一切真相後，路那告訴她，自己會一個人去死的。

所長說，若馮思是吸血族的末裔，能做出決定的只有她自己而已。

既然如此，她又能為現在的情況做些什麼？什麼才是路那想要的？

她活著的理由僅僅是為了路那，這是她甦醒時便刻在心上的信條。

瑞普莉喀再度想起了上一次輪迴的結局。

路那被機構所殺，地月間的吸引力消失，然而機構卻仍召開了緊急會議。

當時的坦普絲全然沒有心思去在意會議的事，可由於會議室緊鄰能源室，她仍是捕捉了些關鍵詞。

可所長究竟向大家說了些什麼，無論如何瑞普莉喀皆是回憶不起來，她隱約感覺那似乎是非常重要的資訊。

她想，所長所言應該在不經意間進到了坦普絲的潛意識內，只是她沒放在心上而失去印象，身為坦普絲的複製人，她的腦中應理所當然地一併有著這樣的記憶才是。

「我能提出一個請求嗎？」在進到檢查室後，她向負責管理自己狀況的專員稍稍鞠躬後問。

「是什麼呢？」

「待會可以請妳在優化晶片的時候，順便刺激儲存潛意識情報的部分嗎？」她詢問。

「但……」對方面露難色，「瑞普莉喀，以妳目前的狀況，讓腦部的資訊負荷量增大是件很危險的事。」

瑞普莉喀搖搖頭，表示自己不在乎這些，「麻煩了。」

在她堅持下，專員仍是同意了她的請求。畢竟於機構而言，坦普絲與瑞普莉喀的重要性非同小可，於她們二人總會多些寬容。

在躺上台子上後，專員請她褪去身上衣物，並將許多電極接上她的身軀，包括腦部的位置。隨後，專員打開了一旁負責控管腦內芯片的儀器開關，在確認好一切準備就緒後，開口叮嚀。

「瑞普莉喀，待會我會先發送睡眠訊號，以免在妳清醒時做轉換會發生錯亂，當妳醒來後，未經整理的潛意識資訊大概就會出現在妳的思緒中。」專員仔細說明，「這樣的情況是不可逆的，妳做好心理準備了嗎？」

「嗯。」瑞普莉喀輕輕闔上眼，「謝謝妳。」

片刻過後，她便進入了睡眠狀態。

當再度醒來，瑞普莉喀遲遲沒有做出反應，呆然望著潔白的天花板瞧，試圖耗費一些時間來處理腦中混亂不堪的情報。
她想起來了。
她知道所長當時究竟跟全體員工說了些什麼了。
「還好嗎？能正常思考嗎？」專員有些擔心地問。
瑞普莉喀沒有出聲回應，只是緩緩爬起身來坐著。
「方才收到計算部門的報告，在經詳細測量後，雖然地球對於月球的吸引力已然消失，但月球本身的引力仍存在，且持續不斷增大，造成此情況的原因尚在研究中。」
「如此一來，雖然月球靠近的速度會持續減緩，不過在地月距離低於洛希極限後，月球無法被撕裂，會維持球體形狀與地球相撞。」
「雖然這麼說很遺憾，但各位，我們的任務尚未成功，末日的危機依然待解除。」
「計算部門推估，約莫剩下一個禮拜的時間。一個禮拜後，月球將會撞上地球，毀滅再度來臨，我們必須在這段時間內找出解決方法。」
記憶到此為止。
瑞普莉喀瞪大了眼。
也就是說——
即使殺了吸血族的末裔，月球自身的引力仍存在。

世界末日依然會到來。

在得知真相後，瑞普莉喀也不顧後續檢查，立刻離開了檢查室，以最快的速度奔向存放紙本資料的情報室內，找出一切與吸血族相關的歷史文獻。

為什麼？

為什麼明明吸血族的血脈已經斷絕了，月亮內部的引力仍然存在？

賽恩提亞的研究應該沒有出錯才是。月球內部的引力應該是帕德勒活化產生的連鎖效應，那為何在粒子失去能量後，這樣的效應依然存在？

說來，引力增加的根本原因究竟是什麼？

一邊翻閱著文件，瑞普莉喀有些不安地磨著自己的指甲，想弄懂究竟為何會發生這樣的情況。

在絞盡腦汁思考過後，她得出了初步的結論。雖說自吸血族與月球上研究出量子糾纏而引發的指示性能透過科學的角度來加以解釋，可說到底，這樣的指示性實在太過不切實際，光是造成引力的改變就足夠不合常理。

無論是月球與吸血族間神秘的聯繫、路那曾做的那些夢、山中木屋莫名的磁場干擾——這些本就是過於荒謬的現象。

對了，木屋。

那兒埋藏著吸血族所留下來的手札，說不定加以研究後能找到問題的答案。

瑞普莉喀暫且放下了手邊的文獻，向機構申請了外出，並帶著兩名工作人員隨行。

當初逃亡的日子裡，這兒並沒有下雪，如今林中已是白雪堆積，行動因而有些困難。

瑞普莉喀循著記憶中的路，一路往深林內前進，即便景色不甚相像，她仍是憶起了坦普絲與路那逃亡時的情況，那些歷歷在目的畫面與眼前所見交錯放映，一瞬間她有些分不清現實與回憶。

「瑞普莉喀，現在能告訴我們來這兒的目的了嗎？」跟在瑞普莉喀身後，一名女性職員一連顫抖了好幾下後這麼問。

「找到吸血族留下來的紀錄。」她毫不猶豫地答。

由於他們此行是駕車前往，因此並沒有走太多路，瑞普莉喀有些焦慮地四處環顧，試圖將視野中的景色與記憶重疊，否則極有可能找不到目標。

「首先要找到一棟木屋。」她如此告知。

今日的天氣不太好，天空中的月亮也被遮蔽許多，瑞普莉喀猜想，或許這樣一來，木屋周遭的干擾——或許稱為結界還較為恰當，結界的影響將會減弱。

又再往上走了些，在視線內仍是看不到目標，這使她感到有些困惑，便往後回頭，沒想到竟見著了，約莫位在三人右後方一百公尺處，有著一棟矮小的木屋。

「等等……木屋是剛剛就在那裡的嗎？」順著她視線方向轉過身的男職員表情詫異，一臉不可置信的模樣。

「我們剛剛居然都沒發現？」女職員吞了吞口水，這次不是因為寒冷，而是因為感到毛骨悚然而發抖。

瑞普莉喀沒有開口，而是默默地往木屋方向走去，在推開門後，揮開空氣中瀰漫的灰塵，往路那曾掀起的那塊木板走去。

她蹲下身來，如同記憶中路那所做的那樣，掀開了其中一塊木板，果不其然看見了埋藏在下方的木盒。

「居然有這樣的地方？」其他兩人還在為這棟木屋感到好奇，「根據紀錄，這裡應該是沒有任何建築的。」

得到了集結眾多吸血族人所留下的紀錄後，瑞普莉喀將地板恢復原狀，沒有帶走其他任何東西便領著二人離開木屋。

在推開門時，濃厚的既視感浮上心頭，她彷彿看見路那再度於自己眼前被殺害，耳邊也傳來虛幻的槍響。

一陣噁心感湧上喉頭，她的表情很是難受。

「還好嗎？是不是身體狀況不好？」女職員攙扶著她，「回到機構後我立刻幫妳安排檢查，這次行動對妳來說太過冒險了，妳的身體本就虛弱，還在這樣的下雪天……」

「沒事。」瑞普莉喀輕輕擺擺手，氣息有些紊亂，「我們回去吧。」

在返回機構後，瑞普莉喀將手札連同在情報室內的文件都帶回了自己的個人房間內，打算細細研究月球靠近的根本原因。

「月亮的詛咒」——這樣的詞彙在許多紀錄內都能找到，她將其當作關鍵字給記了下來。

沒想到，尚未得出答案，她便一陣暈眩，隨之而來的是太陽穴兩側極度的疼痛，這樣的不適感使她無法繼續分析，只得暫緩處理，到醫務室求助。

「瑞普莉喀，妳現在的狀況非常糟糕，妳自己沒有感覺嗎？」在看完她的檢查報告後，負責管理她健康的專員這麼說，扶著額，表情困擾，「妳居然還貿然在這樣的天氣下外出……」

「情況緊急，我必須這麼做。」瑞普莉喀垂眸。

方才對方已為她注射了止痛藥，雖說暫時不會感到疼痛，可她明白，以後類似的情況仍會持續發生，且相較目前更為頻繁。

她剩下的日子不多了。

「妳這個禮拜內都不許外出，如果有緊急情況，必須先來找我做完檢查，確認沒有問題才可以離開機構，明白了嗎？」專員皺眉，語重心長地叮嚀。

瑞普莉喀輕輕點了點頭，表示知道了。

☾

「為什麼忽然來找我？有什麼事？」

平時在機構內，即便兩人碰面了也幾乎不會有任何互動，也因此看見出現在房門外的瑞普莉喀，坦普絲顯然有些意外。

「有事想要跟妳談談。」瑞普莉喀直接說出了自己的來意，打算待會兒就將真相全盤告知。

坦普絲沒有拒絕，便讓她進了自己的房間內。

她忽然想起，自己從未問過瑞普莉喀目前是為了什麼而行動，雖說知曉她也同樣愛著路那，可坦普絲也搞不懂她的心思。

——明明是自己的複製人。

瑞普莉喀平時並沒有與路那接觸的機會，唯一見過路那也是在她啟動異能時，這樣的她，平時究竟都在想些什麼，又是為了何種原因而持續前進？

在對方開口前，坦普絲率先將這些疑問說出口。

「我所做的一切都是為了路那。」良久，瑞普莉喀給出了這樣的回覆，而後沒給她太多時間反應，便道出了此次來與她談話的重點，「坦普絲，記得在妳上一次啟動異能前機構內的緊急會議嗎？」

坦普絲愣了幾秒，即便再不願意回想，可先前發生的一切仍是不由自主地浮現於她的腦海中。

「……嗯。」她咬著唇。

「知道為什麼會在那樣的時刻開緊急會議嗎？」瑞普莉喀又問。

坦普絲苦笑，「這很重要嗎？路那被殺了。」

瑞普莉喀輕輕皺起眉頭，隨後與她講述的事情的來龍去脈。

坦普絲聽完後很是訝異，不過隨即平復了自己的情緒。

她輕嘆了口氣，「妳覺得我會在乎這些事嗎？妳是知道的，我的目的是讓全世界一起毀滅，妳告訴我這些有什麼意義？我不會讓路那再被殺害，因此不管後續的狀況如何，都與我無關。」

瑞普莉喀的眉頭仍然深鎖，她對此感到有些煩惱，認為坦普絲過於固執，只照著自己的意願一意孤行。

「妳想過路那的感受嗎？」於是，她毫不留情地問，「妳想讓所有人一同陪葬，但路那想嗎？」

坦普絲沒有回應。

在上一次談話時瑞普莉喀曾向她提起路那的回答，「我會一個人去死的」，路那是這麼說的。

可她怎麼有辦法接受？她無法再次承受看著所愛之人逝去的痛苦了。

瑞普莉喀沒有打算勸說，站起身來準備離開她的房間。

「瑞普莉喀。」坦普絲叫住她，緊緊握著拳，神情忐忑，「請妳不要告訴機構路那的事。」

「我從來就不在乎妳怎麼想。」瑞普莉喀沒有回頭看她，「我只想幫助路那，無論他想要的是什麼，所以，我會遵照他的選擇來行動的。」

丟下這話，她直直走出了門外。

無視坦普絲的請託，假日時分，在經機構允許並得以外出後，瑞普莉喀便前往路那的住處，打算將一切真相告訴予他。

與路那的第二次見面，她難免會感到緊張，可目前並沒有多餘的心力讓她想這些事，她滿腦子思考的都是該如何讓路那接受這般令人驚詫的事實。

做好心理準備後，瑞普莉喀深呼吸了一口氣，伸出食指押下牆上的門鈴。

沒過多久，一陣腳步聲自屋內傳來，越來越靠近門邊。

「你好，請問……」路那轉開家門，在見著面前女孩的那刻整個人都傻住了。

他吃驚的模樣令瑞普莉喀不禁笑了出來，這使他更為困惑，畢竟眼前這女孩，無論是面容或者笑起來的模樣，幾乎都與他印象中的坦普絲如出一轍。

她自大衣口袋內拿出了機構專屬的識別證，刻意壓下感情冷靜道，「我是賽恩提亞的所屬人員，我叫瑞普莉喀，有些事想要跟你談談。」

明明是第一次實際這麼做，可由於在過去的輪迴中，為了深入調查，坦普絲也經常至他人住處拜訪，因此她也自然而然地將這樣的行為記著了。

「賽恩提亞？」路那看來有些疑惑——堂堂國內最高研究機構為何會派出人員來到自己的家中。

瑞普莉喀點了點頭，表示他沒有聽錯。

「雖然這麼問很冒昧，但……妳認識坦普絲嗎？」路那摸摸自己的後腦勺，後知後覺地發現自己尚未請對方進門，連忙讓瑞普莉喀別繼續在外頭吹冷風，趕緊進到室內。

「她也同樣是機構的一員。」瑞普莉喀垂眸。雖說早就明白了他們兩人的關係，可實際感受到路那對坦普絲有多麼上心，自己的心中仍是不免有些酸澀。

「那……我可以問一下，妳們為什麼長得那麼像嗎？」雖對於這般回答感到詫異，可心中存著更大的疑惑，於是路那又問。

這個問題令瑞普莉喀不禁勾起唇角，「關於這部分，我待會說明時會一併提到。」

在進了門後，路那讓她先坐到沙發上，自己則到廚房去準備了些茶水與小點心。沙發上的瑞普莉喀趁這個機會環顧四周，稍稍打量了下路那住處的裝潢。

「坦普絲來過這嗎？」她問著正端著托盤走近的路那。

聽到這莫名其妙的問題，路那險些將手中的托盤翻倒。他清了清喉嚨，表情有些不自在，「還沒。」

原來兩人的關係連機構的其他人都知曉，這讓他感到有些害臊。

他小心翼翼地將托盤上的馬克杯與茶點擺到桌上，隨後坐到另一邊的小沙發上頭，示意她可以進入正題了。

「路那。」她喚出他的名，與此同時眸子內多了分柔情，「賽恩提亞掌握了許多機密情報，待會我要跟你說的事，雖然可能會讓你覺得過於荒唐、不願意去相信，但請你信任我，一切都是真的。」

被那張與坦普絲極其相像的臉盯著，路那也沒法說些什麼，只得點點頭，交予自己的信任。

瑞普莉喀端起暖呼呼的馬克杯，啜了口裡頭的溫開水。

隨後，她輕輕地將杯子放回桌面，在做好心理準備後，如同與路那初見的那日，再度向他講述了關於這個世界、關於吸血族與月亮的真相。

她不像上次那般有所隱瞞，不讓路那感到一絲惶恐與懷疑，將吸血族的特性，以及其與路那的關聯全盤托出。

「抱歉，請先給我一點時間冷靜。」路那暫且阻止她繼續往下說，表情看來不是很好。

他轉過身去，靜下心來思考方才瑞普莉喀與自己道出的事實。

傳言中的世界末日是事實？只在民間傳說裡出現的吸血族確實存在？

不僅如此，所謂吸血族的末裔居然就是自己？

路那荒唐地笑了出來，扶著自己的額，站起身來在客廳內來回踱步。

可即便真相如此駭人，他卻無法對其產生一絲質疑，畢竟這確實與自己的情況過於吻合。

那些重複不斷的、與月亮相關的夢境，以及自打出生起便莫名受到月亮的吸引力……

從前他總對此感到不安，可如今聽聞了這樣的事，似乎一切都說得通了。

「至於坦普絲的事……」瑞普莉喀再度啟唇，聞言，路那立刻回過頭去盯著她瞧。

無論是上一次的輪迴，抑或透過她的異能而返回的一天，接下來她所訴說的情報，皆是路那從未聽聞的。

關於她自己，也關於坦普絲的，最終的真相。

「坦普絲是出生在賽恩提亞的嬰兒，她擁有特殊的異能，能夠返回三個月前的過去。因此，為了協助機構尋找吸血族的末裔，藉此拯救世界，她不斷重回世界末日前的三個月內，只為了找到目標，完成任務。」瑞普莉喀淡淡說道，「這已經是她的第一百次輪迴了，然而，她並非初次遇見你。」

路那瞪大眼，「什麼？」

「早在上一次，也就是第九十九次的時空回溯中，坦普絲就已經認識了你，並得知了你的真實身分。」瑞普莉喀簡單帶過了當初茉登被殘忍殺害，以及路那就此覺醒的事件，「不過坦普絲那時已經對你有感情了，所以不願把你的情況向機構通報，也決定要在你被懷疑時帶著你逃跑。」

她將此事說得雲淡風輕，即便她如同親身經歷，也得偽裝出自己只是毫不相干的第三者。

路那在一個段落後暫且打斷了她，詢問她為何知曉如此龐大的情報，畢竟照她方才所言，除了坦普絲以外的人應該都不清楚這些事才是。

「你剛剛也問了，為什麼我與她如此相像。」她提起方才路那的疑惑，「原因很簡單，我是她的複製人，擁有與她相似的異能。不只如此，機構也將她的腦內訊號一併傳到了我的腦中，在我甦醒以前，擁有與她相同的記憶。」

她刻意忽略情感不提，擔心說出來了反倒會造成路那的困擾。

在路那點了點頭表示明白了後，她沒有馬上接著講，而是靜靜凝視路那有些沉重的神情。

如果瑞普莉喀所言為真，那當初坦普絲一轉學來時便只與他一人親近，甚至在不久後還向他說出「喜歡」，彷彿將自己所有的真心都交付予他，這樣的疑惑也終於得以釐清緣由。

「當時，距離世界末日只剩下六天的時間，為了逃避機構的追捕，你們兩人逃到了山中的木屋內，只不過在三天後的清晨，行蹤依然被機構發現了。」瑞普莉喀故作自然地繼續說明，努力不讓自己回想起當時發生的種種，「後來……你被機構的人所殺，坦普絲被帶回了賽恩提亞。為了拯救你，坦普絲再次啟動了異能，回到了與你相遇的第一天，也就是兩個月前她轉學來的那日。」

聽聞自己在上一次的輪迴中被殺，路那並沒有太大的訝異，只是苦笑了下。

「原來我上一次經歷了這樣的結局嗎？為了保護坦普絲。」他淺淺勾起唇角，「不過，或許當時的我也有其他念頭吧。」

或許就算沒有坦普絲被當作人質的情況發生，最終他仍是不會選擇逃跑。

除此之外，令他感到困惑的是坦普絲所做出的後續行為。

她最後居然選擇將一切都回到原點。

明明殺掉他就能拯救世界，明明如此一來能夠迎來世界的和平，她為何要放棄這樣的機會？為何也同樣想要迎來毀滅？

在遭遇了這樣的事後，坦普絲怎麼還能若無其事地與他相處？平時在那樣的笑容底下，究竟埋藏了多少的痛苦與悲傷呢？

重複了這麼多次的三個月，累積起來幾十年的時光，經歷過這些不為人知的孤獨，她還能露出那樣無瑕的笑靨……到底是怎麼辦到的呢？

隨後，瑞普莉喀拿出攜帶在身上的，有關吸血族的歷史文獻，讓路那大致瀏覽過一遍，對於自己身上流的血有更為透徹的了解。

在他一邊閱讀時，她也提起了前幾日自己憶起的真相，向他說明即便吸血族的末裔被殺害，月球的引力依然存在，毀滅不會停止。

「路那，你怎麼想？」瑞普莉喀凝望著他，眸子裡帶著堅毅的光，「你想做的事是什麼？你恨這個世界嗎？」

路那輕輕吐了口氣，將閱畢的文件放到桌面上，花了好一陣子才得以平復沉痛的情緒。即便如此，他仍舊是搖搖頭，否定了她的質問。

「對於這樣的歷史，我感到很遺憾。」他輕聲道，也同樣對上她的眼，彎起嘴角，「不過，我並不會想要毀滅這個世界，因為這個世界還有我愛的人在呀。」

瑞普莉喀微微一頓。

「我愛的人」，在那之中，有著路那的家人、他的朋友，以及坦普絲。

可並不包括她這個外人。

「妳說說，我該怎麼辦才好呢？就算我自殺了，末日依然會到來，這是行不通的。」路那稍稍往後靠，嘆了口氣，「我要怎麼做才能阻止這樣的情況發生？」

瑞普莉喀有些沮喪地垂著頭，明白了路那做出的決定為何。他不願讓這個世界迎來毀滅，若犧牲自己便能拯救世界，那他定會毫不猶豫答應。

「路那……你想要記得這些真相嗎？」輕撫胸口後，瑞普莉喀出聲詢問，「如果你願意，我能讓一切當作不曾發生過，你能夠不用背負這些記憶，能夠繼續……和坦普絲快樂地生活下去，直到最後。」

一旦路那得知這些情報，坦普絲至今以來築起的和平與安寧將會被盡數摧毀，那些日常將成為再也無法復返的美好。

「我想記得這一切，我想要拯救坦普絲，將她從無盡的輪迴中解放。」路那毫不猶豫地答，臉上掛著的仍是那抹無比溫柔的笑。

「我之後會再聯絡你。」瑞普莉喀忍著想要流淚的衝動，在點點頭後站起身，準備返回機構。

「對了，我想請妳幫我一個忙。」路那叫住她，「能夠先別讓坦普絲知道今天妳告訴我這一切的事嗎？我不希望她為此而擔心。」

路那在意的永遠都不會是她。思及此，瑞普莉喀背對他揉了揉泛淚的眼眶，有些哽咽地答，「……嗯。」

「瑞普莉喀，謝謝妳告訴我這些。」路那走了幾步，站在她的面前，「還有，我也希望妳能好好活下去。」

背負這份罪惡的，不應該是無辜的人才是。

☾

清晨，路那並沒有乖乖在座位上等待上課時間，而是背著書包站到外頭走廊去，希望坦普絲能趕緊到校。

他就這樣在寒風中站了約莫十分鐘，思來想去，實在是等不及了，便直直往校門口走。

照常理而言，在這樣的寒冬中不會有人想要站在外頭，也因此自校門經過的學生們都紛紛看著矗立在門口的少年，不時交頭接耳。

不過，路那並不想在意這些。

在等待的過程中，他多次抬頭仰望空中的月亮，想起了瑞普莉喀曾告訴自己的真相。

若放任不管，世界末日將在二十日後來臨，剩餘不到一個月的時間，地球即將毀滅。

那天，在瑞普莉喀離開他的住處後，他獨自一人在房間苦惱了許久，直到現在仍是覺得不真實。

他看著那些相談甚歡的學生們，彷彿看到了曾經的自己也是這般無知，同時也想起了坦普絲。

在面對什麼都不知道的大家時，坦普絲心裡頭想的都是些什麼呢？

此刻，已然得知一切事實的他也無法裝作自己渾然不覺，今日一早跟教室內同學們打招呼時，仍是感到些許不自在。

跟母親相處時也是。面對母親對他學校生活的關心，他無法如同往常那般侃侃而談，一想到末日即將來臨，他回憶起從前那平凡的日常，便覺得很是不可思議。

對著乾燥的空氣吐出了氣息，路那搓了搓雙手，開始盤算著待會行動的方針。

不遠處，白髮女孩朝他走近，路那一見著對方，便立刻二話不說地走上前去，在拉住她的手臂後順勢將她帶入自己懷中。

「路那？」坦普絲眨眨眼，搞不明白路那這是做什麼，更無法理解為何在這樣寒冷的天氣他要站在校門邊。

方才她本想朝他走近詢問，還沒反應過來，自己卻被擁入懷中了。

身後傳來經過學生們的竊竊私語，這讓坦普絲感到有些害臊，雖說平時在班上她不怎麼在乎旁人的眼光，可在大庭廣眾下，又是自己尚未做好心理準備時，路那就……

「坦普絲，我喜歡妳。」他按著她的後腦勺，滿足地闔上眼，「我想，無論重來幾次，只要我們相遇了，我都會喜歡上妳的。」

雖說不曉得上一次的輪迴詳細情況究竟是什麼，瑞普莉喀也沒有提到兩人是否相戀，只講述了坦普絲的心意，不過他想，那時的自己肯定也是愛著她的。

這突如其來的告白使坦普絲頓時感到不知所措，她掙脫開路那的懷抱，抬起頭來與他四目相對，臉頰漲紅，「你、你怎麼突然……」

「我今天一整天都想跟妳一起過。」路那稍稍彎下身來，貼著她的額，「所以，我們翹課吧。」

「哎？」坦普絲不明所以，就這樣被他拉著手，朝著與其他學生相反的方向步出了校門。

「我一直想跟妳走在這座城市裡，想跟妳一起逛街、一起看電影、一起做那些我們從來沒做過的事。」他緊緊扣著她的手掌，將兩人相牽的手輕輕晃呀晃的。

路那的表情看來很是愉悅，看著他的側顏，坦普絲有些猶豫。

雖說今日的路那看來有些反常，可能見到他的笑容便是她心中所願，她將願意為此付出一切。

思索許久，最終，她偷偷拿出用來與機構聯絡的裝置，說明自己今日一整天都會在外調查，要回賽恩提亞時會再通知。

如果真出了什麼問題，那便到時候再處理吧。

平日的白天，街道上沒什麼人，偶爾經過的路人也朝身著制服的兩人側目幾眼，可當事人卻毫不在意，享受著這難得的小時光。

能與路那一起離開學校，坦普絲覺得就像做夢一般，尤其今日並不像瑞普莉喀啟動異能那時會消失，路那也同樣會記得這天的種種。

「路那，我們在旁人眼裡是普通的情侶嗎？」坦普絲挽著他的手，感到很是幸福，她從未想過在末日來臨之前，自己有這樣的機會能與路那在校外約會，尤其這還是路那主動要求的。

「我不認為我們很普通。」路那聳聳肩，下一秒兩人相視而笑。

偶爾看到了感興趣的店舖，路那會帶著她進到裡頭逛逛，他明白她對任何事物都不怎麼感興趣，一直都順著他的意來。

在經過了電影院時，路那停下了腳步，看著上頭寫著熱映中的片單，不禁有些感嘆。明明世界末日即將來臨，可卻幾乎無人知曉真相，沒有被影響的地區仍然照常運轉，大家繼續工作上課，娛樂活動照樣進行。

或許無知也是另一種幸福吧。

他想，要不是自己身為事件的中心人物，或許無從得知真相反倒是好事，若換作旁人，知曉了毀滅的倒數計時卻對此無能為力，那該是多痛苦的事呢？

「路那，你想看電影嗎？」見他抬頭望了海報許久，坦普絲好奇地問。

她從未體會過這些娛樂，僅僅是知曉「這是什麼」的程度罷了，從小到大，她閱讀過的書籍、看過的影片幾乎都是為了充實她的知識，其餘物品被歸類在「沒有意義」的範疇中，她不被允許去接觸。

「我一開始就說了，我想跟妳一起看。」路那勾起唇角，帶著她到售票亭去購票。

他讓坦普絲選自己有興趣的電影，看著眼前琳瑯滿目的片單，坦普絲有些猶豫。

科幻片、動畫片、恐怖片、愛情片……本打算告訴路那兩人就看那部科幻電影好了，可她又想著，自己平時接觸的相關內容已經夠多，若是電影中出現與賽恩提亞相仿的科學機構，她實在會感到頭痛。

最後，她指了那部昨日剛上映的浪漫愛情片。

坦普絲沒有想到那部電影根本是海報與片名詐欺，原先以為是無比歡樂且令人愉快的內容，不想到中後段劇情驟變，男主角得了絕症，最後在女主角的懷中離世。

看到後來，她心都要跟著碎了，緊緊握著路那的手不放，另一隻手則不停抹著自己停不下的淚水。

路那沒有料到她的反應會這麼大，在走出電影院後，坦普絲不停抱怨著自己再也不要看電影了。

方才看見男主角含笑逝去的那刻，路那死前的模樣一瞬間在她腦海中浮現，直到電影結束後她仍是無法平復這悲痛的心，直到路那不停安撫才得以平息。

「路那……」她緊緊環住路那的腰，再不願看見愛人在自己面前死去的模樣了。

在外頭逛了一整天，直到日落，兩人也有些乏了，坦普絲便提議要到路那家休息。起初，路那猶豫了一陣，不過仍是答應了她的提議，帶著她回到無人的住處。

進門後，他忽然想起幾日前瑞普莉喀曾問過他坦普絲是否來過這兒，如今自己的確帶她回來了。

來到對方住處的坦普絲就像拿到新玩具的孩子般充滿了好奇，她四處走來走去，可也不敢隨意進入關著門的房間。

客廳的櫃子上擺著一些相框，裡頭有一部分是路那年幼時的相片，看著路那小時候白白胖胖的模樣，她下意識地就說了句「很可愛」。

「但我更喜歡你現在的模樣。」她又補充了句，讓身後的路那咳了幾聲。

隨後，在路那的同意下，坦普絲進到了他的房內，進門後，床頭櫃擺著的夜燈吸引了她的注意力，她坐到他的床上湊近一看，是月球造型的燈。

路那微笑，在她身旁也跟著坐下，接著切掉房內燈光的開關，感應到光源的消失，月亮燈便自動亮起，散發淡淡的光芒。

暗下的房間僅餘一盞微弱的光源照耀，碰巧與路那對上眼的坦普絲感到一陣不自在，在黑暗中，路那的面容變得朦朧了些，可那雙眸子仍舊清晰。

「坦普絲。」路那輕喚，低啞的嗓音讓她聽了有些走神，還沒反應過來，他便吻上了她的唇。

坦普絲闔上眼，沒有對此感到一絲抗拒，當再度回過神來，她的身子已躺在床鋪上，上方是撐著床鋪，凝視著她的路那。

「換我問妳了。」路那開口，「如果末日來臨，妳想要在結束前做些什麼？」

「我想跟你待在一起。」坦普絲輕輕抬起手，撫上他的臉龐，「路那，直到最後一刻，我都想跟你待在一起。」

路那覆上她的手，又道，「妳知道我還想做什麼嗎？」

坦普絲輕輕搖頭，「只要我能做到的，我都會答應你的。」

這次，路那沒有再開口，而是將手移至她的制服領口處，解開了上頭的鈕扣。

輕撫著懷中女孩的髮絲，看著窗外的月色，路那內心有些五味雜陳，卻仍是讓自己勾起了笑容。

「坦普絲，末日不會來的。」他撫上她光潔的背。

「怎麼忽然這麼說？」坦普絲眨眨眼，不曉得路那為何忽然提起這樣的話題。

路那捧著她的雙頰，再三猶豫過後，還是決定道出事實。

「前幾天，瑞普莉喀來找我了，我什麼都知道了。」他柔聲道，「對不起，當初讓妳為了我這麼傷心，甚至不惜重返過去也要保護現在的我。」

坦普絲的表情僵了許久，路那感覺得到她正畏懼著，對於真相的暴露而感到恐慌。

「不、不是的，路那——」她想解釋，卻在開口後被路那的擁抱所制止。

「坦普絲，如果妳死了，我也會很難受。」路那在她耳邊道出自己的真心話。

在他懷裡的是他最想守護的人，他怎能眼睜睜看著坦普絲陪著自己一起毀滅？無論如何，他都必須讓她好好活下去才行。

縱然他將為此而失去生命。

「我希望妳活著。」

也只有在坦普絲看不到的角度，他才能露出這樣難受而掙扎的表情。

☾

兩道人影面對面坐在所長室內，桌上擺著瑞普莉喀花費許多時間蒐集的，有關吸血族的相關資料。

方才，她正向所長敘述一切真相。即便殺了吸血族引力仍然存在的、坦普絲為了路那不惜毀滅世界也要重返過去的經歷，以及自己到了路那住處拜訪後兩人的對談……

「原來這些日子以來，我都被坦普絲蒙在鼓裡呢。」所長的臉上沒有一絲惱怒，仍是一貫的優雅神情。

他是明白的，坦普絲平時在那偽裝出來的神態後底下隱瞞了些什麼，可由於知道的資訊太少，他不曉得她究竟在藏著什麼秘密，僅僅認為只要最後的結果合乎自己心意便足夠。

瑞普莉喀盯著面前男人的笑，也知曉他沒有動怒的原因。

若所長處於與坦普絲相同的立場，或許他也會做出相似的選擇吧。

「不過，為什麼妳選擇告訴我這些事？妳擁有那孩子的記憶與感情，卻做了截然不同的行動。」所長話鋒一轉，稍微挑起眉來詢問，「如果我們找出了解決方法，坦普絲的理想結局將會被破壞殆盡。」

瑞普莉喀沒什麼太大反應，僅僅是輕輕搖頭，「坦普絲如何與我無干，我是為了路那才這麼做的。」

所長唇角的弧度更深。他拉了拉左手的白手套，瞥了自己與馮思的合照一眼。

「瑞普莉喀，妳恨我嗎？」他輕聲問。

瑞普莉喀並沒有立刻做出回覆，而是思索了一陣，想要仔細分析這個問題。

若這個問題的接受者為坦普絲，那答案自然是肯定的，畢竟賽恩提亞在她面前殺了自己最愛的人。

但自己又是怎麼想的呢？

那些痛苦的記憶，那些對於機構的憤恨她曾經也是感同身受的，可如同她一直以來清楚認知的那般，自己並不是坦普絲。

「關於這個問題，我沒辦法做出確切的回覆，不過……」良久，她啟唇回覆，「我很感謝所長讓我來到了這個世界上，切身體會什麼是愛、什麼是幸福。」

即便能陪在路那身旁的永遠不會是她，即便自己直到最後都只能以第三者的立場愛著路那……

能與他相遇、能親眼見到他的笑容、能和他聊天——對此，她認為自己能降生在這個世界上是無比美好的奇蹟。

「所長。」門外傳來一陣叫喚，在所長應聲後，所長室的門便開啟，門後站著的是一個女孩的身影。

「坦普絲，來得正好。」所長勾起微笑，邀請她入座。

在與路那分別後，坦普絲如同懸著一顆心般，就連呼吸也令她感到惶恐。

事情為什麼會變成這個樣子？

明明先前都無比順利，好不容易可以迎來她所期望的毀滅，好不容易路那這次終於能活到最後……

一見著桌上的那些文件，坦普絲便明白了所長叫她來這兒的用意，原先就已經夠糟的表情又再度垮了下來。

她無奈地瞪了沙發上的瑞普莉喀一眼，想將一切責任都歸咎到她身上，甚至開始思考著，不如自現在起便開始自暴自棄，等到能重新啟動異能時再想辦法時空回溯就好，這一次的輪迴她不想管了。

「會找妳來，是為了一起討論解決這個問題的方法，究竟要如何，才能使月球自身的引力消失。」所長清楚說明他們正在幹的事，「坐吧。」

「我不想。」既然真相已然暴露，那自己也沒必要再加以偽裝，坦普絲沒這個心思與他們討論，便轉身準備離去——

「說不定，我們能夠討論出不需要犧牲路那也能成功的方法。」瑞普莉喀音量不大，卻異常清晰地進到了她的耳裡。

坦普絲停下了腳步，半晌，便有些不甘願地坐到了她的身旁去。

「路那，現在會發生這樣的事全都是這個世界自作自受，他們曾經傷害了吸血族，因此也必須以毀滅來贖罪。」在路那向她道出實情後，坦普絲有些激動地向他說明自己的看法。

她緊緊揪著棉被，眼眶正打轉著淚，隨時都像要落下。

為什麼路那就是不明白呢？

「不是的。」路那搖搖頭，將她攬進懷中柔聲安撫，「他們確實做錯了，不過若是直到最後一刻，世界依然沒有去正視這染血的歷史，仇恨永遠不會消失。」

「需要做的不應該是毀滅這個世界，而是讓世人銘記這樣的歷史，記得前人所留下來的錯誤，明白他們是真的做錯了，從而帶著這樣的傷痕繼續活下去，這才是最好的贖罪。」他語重心長地說。

吸血族固然無辜，可如今活著的世人們有多少也是無辜的？他們不曉得自己的祖先曾經做了什麼，不曉得這顆星球上曾發生過這樣的歷史，什麼都不曉得的他們，卻要被迫共同迎來毀滅。

不應該是這樣的。

與此同時，他也感到很抱歉。即便身為吸血族的末裔，可他終究不像曾經的族人一樣被這個世界追殺、迫害，他能透過紀錄明白他們的悲傷與憤怒，卻無法對於他們的復仇感同身受。

相較之下，他更想要自末日危機中拯救自己所愛的人們。

「坦普絲。」一聲叫喚將坦普絲的思緒拉回目前的談話，此刻，瑞普莉喀正向所長說明自己的推測。

「會不會是要讓這個世界對吸血族產生悔意呢？」瑞普莉喀問，「把世界曾經對吸血族做過的一切公諸於世，讓大眾知曉被隱藏的歷史……」

見所長眉頭微微皺起，她又補充，「聽起來很荒謬，不過追根究底，從一開始不就是如此嗎？吸血族的指示性，以及其他無法解釋的現象本來就是如同魔法般的力量。」

方才一直沉默著的坦普絲在聽完她的猜想後，也向兩人道出了自己與路那的對話。

「既然路那身為吸血族的末裔，或許他說的這些也有一部分的可信度。」她解釋，「我同樣認為機構必須將這些歷史公開。」

瑞普莉喀點點頭，「沒有嘗試過，誰也不曉得究竟能否成功，如果這樣的方法不可行，坦普絲仍有回到過去的異能，我們有很多時間能夠找到解決方法，總之絕對不會是單純抹殺吸血族便能了事。」

在聽完兩人給出的建議後，所長的神情有些凝重，他托著下巴，思考此方法的可行性。

若事件僅關乎賽恩提亞，他自會毫不猶豫答應，不過目前的情況複雜，甚至牽扯到了國家政府，斷不是他一人能夠抉擇。

「我明白了，妳們先離開吧。」沉默一陣後，所長開口道，「我會與政府方好好討論，等有了定論會再通知妳們。」

☾

在明白路那知曉一切真相的那日後，坦普絲與他兩人間的關係變得有些微妙，她沒法如同過去對著無知的他那樣，此刻也同樣能裝作什麼都沒發生過般自然相處。

而路那也察覺到她因為此事而感到不安，不曉得該如何是好，只希望坦普絲能打起精神來，別再為此而困擾。

偶爾，他想找她談論相關的事，坦普絲好不容易撐起的笑容便會立刻垮下，讓他別提這些，因為她不希望兩人再度為此產生摩擦。

她告訴過路那，會盡力找出不需要犧牲他的辦法，可路那卻不這麼認為。他想，即便公開了一切歷史，也不代表問題都解決了，情況並沒有這麼簡單。

至於賽恩提亞方面，在所長與政府官員們的多次開會討論過後，最終決定召開一場全球性的記者會，兩方聯合公開所有已知資料，讓吸血族的歷史為大眾所知曉。

距離月球與地球相撞尚有兩個禮拜的時間，記者會的日子選在今天，地點便是賽恩提亞。與此同時，賽恩提亞也派人將路那帶到了機構，說是在記者會結束後，會對他的身體進行詳細的檢查，試圖藉此找出其餘解決問題的方法。

「坦普絲，妳平常都住在這樣的地方呢。」在記者會開始前，路那提出了想逛一逛機構內部的要求，而最適合的嚮導人員自然是坦普絲，在經所長允許後，兩人便開始在機構內閒晃。

賽恩提亞的建築構造是類環狀的，中央有著一塊圓形空地，用來進行各種戶外的測量，建築的整體空間極為龐大，也因此座落於杳無人煙的高山上。

「之前說了好多謊，對不起。」遙望著落地窗外的雪景，坦普絲想起自己尚未為了自己因隱瞞真相所編出的謊言而道歉，便趁此時說出口。

此時的坦普絲身上穿的不是他平時熟悉的學校制服，而是賽恩提亞的制式服裝，藍白的配色穿在她身上，配上她雪白的長髮與青綠色的雙眸，在路那看來竟有種莫名的神聖感。

路那搖搖頭，表示自己並不在意這些。隨後，他凝望著她的側顏，有些感慨地問道，「妳以前過的都是什麼樣的生活呢？」

坦普絲打從出生起便在這樣的科學機構內生活著，身邊沒有年齡相仿的同儕，也沒有任何可供娛樂的事物，甚至他在方才跟所長對談時，還得知了在賦予坦普絲任務前，她從未離開過這棟建築的事。

然而，這樣的她，居然會希望陪著他一同迎向毀滅——明明有許多快樂的事物她都尚未體會。

「以前的事不重要。」坦普絲伸出手，輕輕碰了下透明的玻璃，隨後側過身去，面對著他勾起一抹無瑕的笑靨，「正因為有了過去的種種，我才能夠遇見你。」

「我希望——」

話才說到一半，坦普絲的手環便傳來了嗶嗶聲，在按下確認鍵後，裡頭傳來工作人員向他們通知記者會即將開始的事。

「走吧，去看看他們是怎樣道歉的。」坦普絲拉著他的手臂，帶著路那往舉辦記者會的場地方向走。

她並沒有將路那帶進會場內，畢竟能在內部的僅有通過審核的媒體、政府人員以及賽恩提亞的高層，他們是不被允許在現場待著的。

不過，在會場上方有一個區域，裡頭有著控制燈光與音響的器材，不過由於這些都事先準備好了，今日也沒有安排人員進行操控，坦普絲便帶著路那進了內部。

裡頭能將會場內的情況一覽無遺，麥克風的聲音也能聽得非常清晰，是個絕佳的地點。

「居然連總統也出現了。」路那望著坐在正中央的，面容嚴肅的中年女子，表情有些不可思議。

「畢竟關乎政府曾做過的事，她身為一個國家的代表，也必須出面道歉才行。」坦普絲則是一臉平靜。

事實上，這並非她初次與國家元首會面，由於賽恩提亞與政府的往來密切，她過去也曾偶爾在走廊與前來商談的政府官員們碰面，政府高層也知道有她這麼一號擁有異能的人物。

當整點一到，負責主持的人員便宣布記者會正式開始，所有人就定位，會場內的鎂光燈不停閃爍，與此同時，這樣的畫面也同步直播到各家媒體，為的便是盡可能讓所有人都能得知消息。

在前方的大長桌上，擺放了與吸血族相關的歷史記載，這是機構首度將這些紀錄公開，惹得媒體紛紛將鏡頭對準。

在記者會開始後沒多久，所長便直接進入了最重要的主題，向在場所有人介紹了吸血族的存在，將其過去被迫害的種種道出。

隨後，總統也對著麥克風表達了政府的立場，說明這樣的歷史不應該被抹去，而是必須讓後人知曉，也打算在之後將這些真相編入教科書內，讓所有人銘記這歷史上的一大污點。

隨後，所有人在同時一齊站起身來，做出了頗有誠意的鞠躬。

看著他們故作悲痛且記取了教訓的神情，坦普絲有些不滿地環著胸，對於這樣的場面話感到有些不齒，「他們並不是真心對此感到愧疚。」

「當然不可能全世界都能對此產生悔意，也或許真正對這樣的歷史感到悲傷的人寥寥無幾，不過只要願意面對，便是踏出了第一步。」路那失笑，拍了拍她的肩，「未來，這個世界一定——」

原先還好好說著話，可下一秒，路那卻忽然感到一陣暈眩，隨即失去意識，就這樣往坦普絲的身上倒。

「路那？路那！」突如其來的意外令坦普絲感到有些不知所措，無論如何路那皆是沒有反應，幸好在探了鼻息後，察覺他的呼吸還在。

於是，坦普絲趕緊呼叫了醫務室。

☾

起初，是一片黑暗。

當睜開眼的那瞬，路那察覺到自己腳下正踏著一片荒蕪，面前的景象令他感到不可思議且無比驚詫。

水藍色的美麗星球近在眼前，上頭有著綠色大陸。

瞧見這美的令人屏息的景象，路那輕輕伸出自己的手，可下一秒，地球消失在他的眼中。

他感到疑惑，便邁開腳步，不停地往前走。周遭僅有他一人，安靜的連一點聲響都聽不見。

不曉得走了多久，他發現了一道微弱的光，便興奮地向前奔去，終於得以觸碰到那光點。

他眼前的景色再度變化，腳下踏著的土地消失，周遭變得更加黯淡。

前方有著朦朧的身影，原先以為那兒有著一個人，可向前走才發現，那是無法估量的龐大人群。

最靠近他的那人轉過身，透出赭紅光芒的眸子直勾勾地盯著他。

僅僅一個眼神，路那便明白了一切。

吸血族。這些人便是曾經存在於地球上的吸血族，是他們死後所留下來的亡靈。

不過——

「這裡……是哪裡？」他問著。

路那的記憶仍停留在方才聽著記者會時的畫面，他不曉得現在究竟是怎樣的情況，自己又為何來到此處。

「月之裏側，普通人類無法觀測的地方。」一道低啞的聲音清晰地傳到他耳裡，「我們的靈魂被月球接引至此，我們一族的命運與月亮相連。」

月之裏側。

月球的……內部？

「所以，月球的靠近的確是吸血族的意志所導致。」路那沒有一絲懷疑，道出了這個自己確信的事實，「那麼——」

「我們不會原諒人類的所作所為。」像是明白了他要問些什麼，聲音如此回答，「土地、資源、生命……我們的一切被人類剝奪殆盡，他們生生世世都無法償還這樣的罪。」

失敗了呢——路那這麼想著，有些沮喪地與面前的老人對上眼。

看來，他們最終仍是無法原諒這世界曾造成的錯誤。

「他們終於肯面對自己犯下的錯，將這樣的歷史傳承下去。」聲音又道，「我等月亮的子民不會被遺忘，將會在歷史的洪流中留下刻印。」

路那被搞糊塗了，不曉得如此一來，賽恩提亞的計劃究竟是成功了沒有。

「路那，你是我們僅存的血脈。」面前的老人朝他緩緩走近，「你的生命與月球相繫，你將左右世界的未來。」

「我的生命與月球相繫……」隨著老人的手指點上他的眉間，路那再度失去了意識。

再度睜開雙眼，潔白的天花板映入眼簾，眼角餘光捕捉到的是女孩著急的神情。

見路那終於恢復意識，方才萬分擔心的坦普絲總算鬆了口氣，執起他的手緊緊握住。

「路那，你醒了。」她欣慰地笑了，「現在感覺怎麼樣？有哪裡不舒服嗎？」

路那昏倒後，她便將其送來賽恩提亞的醫務室內，在床上躺了約莫四個多小時才清醒，記者會也早已結束。

而在這段期間內，機構也順道替路那安排了檢查，分析存於他體內的帕德勒粒子濃度與能量多寡。

路那搖搖頭，撐起身子來，這才發現在窗邊還站著默默凝視著他，不發一語的瑞普莉喀，一旁的沙發上也坐著所長。

「計算部門正在分析觀測數據，等等就會過來報告結果了。」所長簡單說明了下目前的情況，「對於剛剛昏倒的事，你有什麼頭緒嗎？」

「我——」

尚未做出完整回覆，醫務室的門便被推開，一名男性職員帶著平板電腦走到了所長旁，在所長點頭後，便開始報告計算部門的分析結果。

「經由詳細測量，月球內部的引力確定消失，恢復至與十七年前相同的數值。」對方神情嚴肅，「不過地球對月球的吸引力仍然存在，如此一來，月球靠近地球的加速度將會逐漸上升，我們推測，如今的月球在跨越洛希極限後，極有可能崩解不完全，分裂成大小不一，足以對地球產生重創的隕石。也由於加速度的上升，原訂在十四日後的毀滅將提前至七日後。」

聞言，在場所有人的表情都變得很是凝重。

所長看來有些頭疼，他嘆了口氣詢問道，「帕德勒的檢查結果呢？」

正巧，一名女性職員也隨即趕到了醫務室內，向在場的人報告關於路那體內粒子的分析結果。

「活體內帕德勒仍帶有高度能量，且過去蒐集的粒子也受其影響持續維持活化狀態，因此我們推測，要讓唯一活體喪失生命機能，帕德勒的能量才會釋放，與月球的糾纏態也得以消失。」她面無表情地報告。

身為當事人的路那沒有太大的訝異，他勾起一抹無奈的笑，彷彿早已接受了這樣的事實。

「坦普絲，我──」

「不可以，路那，我不會讓你為此犧牲。」坦普絲緊緊抓住他的手，表情沉痛，「一定還有其他辦法的，一定能找出其他方法，只是需要一點時間……」

只剩下七日的時間，那她便再沒有機會能夠啟動異能，在冷卻時間結束前，毀滅將會降臨這個星球。

「找出讓帕德勒能量逸散的方法，不一定需要犧牲你的生命。」所長嘆了口氣，向身旁職員交代了些事項，便讓他們離開醫務室，「在這段期間我們會盡力的。」

「就算來不及……」方才都沒有開口的瑞普莉喀終於出聲，「我能啟動異能。」

如同坦普絲為了拯救世界而不停重返三個月前的時光，如今，她也同樣能為了找到拯救路那的方法而不斷重回三天前。

「沒用的，必須殺了我才行。」路那語氣平靜，對於眾人努力想方設法將他自死亡的邊緣推開而有些動容，卻同時對於這無法實現的願望感到遺憾，「我在夢裡看到了，看到了月之裏側，看到了我的族人。」

他向在場的三人講述了自己方才的夢境——不，與其說是夢境，不如說是由於身為吸血族的末裔，他與先人、與月亮間產生了奇妙的聯繫。

「說不定、說不定這只是夢，只是你的錯覺。」坦普絲摟著他的身軀，聲音帶著微微的顫抖，「路那，不要……我不想再看到你犧牲了，我不要……」

「坦普絲……」見她因擔心而流淚的模樣，路那很是心疼，伸出手來拍了拍她的肩，接著看向其餘二人，表情有些歉疚，「抱歉，能讓我們單獨聊聊嗎？」

所長點了點頭後，起身離開，而瑞普莉喀在他們看不見的角度抹去眼角的淚後，也同樣跟在所長身後步出了醫務室。

坦普絲沒有因為他的安撫而停下淚水，不斷在他懷中啜泣，讓路那有些苦惱。

「路那，我不想看到你死……」她咬著唇，神情哀痛。

「其實呀，我也不想死，我當然也怕死，我也想活下來。」路那輕撫她的背部，聲音柔的如同在安撫哭泣的幼童，「不想跟妳分開，想跟妳永遠在一起，想跟我所愛的人們一直幸福地生活下去——但我更希望你們能活著。」
他道出自己的心聲，那是他得知真相以來隱瞞至今的脆弱。
憑什麼是他？為什麼他非得死去？路那當然也這樣埋怨過，可他對此無能為力，無法改變這樣的現實。尤其在經歷方才與祖先的對談後，他更是清楚明瞭了自己的宿命，這是他身為吸血族、身為月亮的子民所背負的命運。
吸血族與月亮的命運相繫，他們的滅亡同時也意味著月亮的毀滅。
「無論如何我都會死，既然如此，那我希望自己的死對你們是有幫助的。我希望我的家人、朋友，還有妳能夠好好活下去，你們並沒有做錯什麼，不需要承擔這份罪孽。」路那闔上眼，也悄悄流下一行淚，「我並不是為了拯救這個世界而犧牲，我不是那麼偉大的人，我很自私，我只是為了我所愛的人們而選擇這麼做。」
「坦普絲，上一次的我在得知真相後肯定也是這麼想的，我不願讓你們跟著我一起死去，離開的只有我就夠了。」見懷中的女孩哭得更兇了，路那加重了雙手的力道，想盡可能地將自己的溫暖傳遞至她心上。
坦普絲哽咽著，「路那，沒有你，我、我活不下去……」
對不起。
路那很想這麼說，可卻擔心自己若將這句話說出來，坦普絲會更不願意接受他的選擇。

「坦普絲，妳可以的。」他輕輕靠著她的頭，「沒有了我，妳也能好好生活的。」

他所認識的坦普絲無比強大，在失去了他以後，肯定也能好好活著的。

坦普絲搖搖頭，不想承認他所言。

「我希望妳之後能過上正常的生活，我不會再讓賽恩提亞利用妳的能力。」路那憐惜地順了順她的髮，「妳很久沒看見春天了，對嗎？」

坦普絲沒有反應。什麼春天的，夏天秋天她也不在乎，只要路那別離開她，即便一輩子都是永恆的冬季她也無所謂。

「我希望在經歷漫長冬天後的妳能夠迎來嶄新的春天，希望妳能好好感受這個美好的世界，有好多好多事妳都還沒體會過呢。」路那勾起唇角，「從前的妳為了賽恩提亞而活，現在的妳為了拯救我而活，從今以後，為了自己而活好嗎？」

見對方遲遲沒有回應，他的聲音又柔了幾分，其中又傾注了一切的真誠，「這是我真心的願望。」

路那感到有些愧疚，因為他利用了坦普絲對自己的愛來動搖她的選擇。

「坦普絲，妳不能再回到過去了喔。」他終於將她放開，面對著她濡濕的臉龐，輕輕替她拂去淚水，隨後伸出自己的小拇指，微微一笑，「包括剛剛說的一切，我們約好了喔。」

在又一陣的痛哭失聲下，坦普絲終究是勾住了他的小拇指。

在進一步的詳細估算後，賽恩提亞決定必須在三日內完成粒子的不活化，以免屆時月球的崩解不完全，依然對世界產生毀滅性的災難。

路那也同樣與機構好好地討論了自己的想法，表達自己願意犧牲的意願，也希望賽恩提亞在這段時間內能夠給予他好好與身邊的人們相處的最後時光。

經允許下，機構替他在手腕上安裝了無法輕易拆卸的類手環狀裝置，內部裝的是用以安樂死的常見藥物，為的便是不願讓路那帶著痛苦而結束生命。

當倒數計時結束的那刻，裝置便會啟動，自動為他將藥物注射至靜脈。

在一切塵埃落定的那日後，機構特地將路那的父母帶到賽恩提亞內，向兩位說明路那的情況，以及他做出的選擇。雖然兩人起初的反應都同樣不可置信，不過在機構無比詳細的解釋後，他們也無法再欺騙自己一切是虛假的。

機構給了路那與父母單獨待著的時間，那時，路那向他們表達了這些年來的感謝之情，說明自己至今為止都活得很幸福，也希望在沒有了他以後，父母依然能快樂地活下去，不要帶著眼淚思念他。

再過幾日便將迎來初春，前陣子下的雪也已逐漸消融，即便仍見不著花開，路那依舊想珍惜自己最後的日子。

跟其他族人相比，他認為自己是幸運的，能夠在餘下的時光與所愛之人好好度過，最後能迎來沒有痛苦的結局。

不過，果然還是有點可惜呢。

其實他還有許多想要做的事，可那些都是短時間內無法達成的願望，他只能帶著這些遺憾離去。

路那想，或許無論活了多久，人在生命結束的那刻一定會有許多覺得遺憾的、後悔的事，這樣的情況一定無法避免。

第一天，路那依然到了學校，雖並沒有告訴身邊的同學朋友們真相，卻仍是與他們做了最後的道別，說明自己有了其他對於未來的規劃，因此不會繼續待在這兒。

「那坦普絲呢？你們要分開嗎？」得知消息後的茉登第一個反應便是如此。

「我們不會分開。」坦普絲勾起唇角搖搖頭，笑容恬靜。

不過，她繼續待在學校的目的與理由也不復存在，因此機構也安排了過一陣子學期結束後，便替她辦理手續，屆時坦普絲也不再是以高中生的身分活在這世上。

「收起妳的妄想。」見坦普絲露出笑容，路那也笑了出來，對著茉登這麼罵。

他是明白的。坦普絲並不是就此釋懷了，她只不過是在欺騙自己，讓自己暫時逃避最終悲傷的結局。

他說過不希望看到她流淚的模樣，所以坦普絲收起了淚水，下定決心不再讓路那見到她的眼淚，直到最後一刻都必須以笑容面對他才行。

第二天，路那的父母特意放下了手邊的工作，即便當初因離婚的關係而搞差了關係，可仍是為了路那放下那些曾經的不愉快，陪著他度過一整天。

他們一同去了許多地方。領養路那的育幼院、小時候路那最喜歡的遊樂園、過去一家人居住的小鎮……

「爸、媽，謝謝你們。」離別前，路那緊緊擁著自己的父母，「我愛你們。」

如若有所謂「下輩子」，他的靈魂得以重新回歸到此世，那麼他希望自己能與父母二人再度相遇，再一次被他們撫養長大。

路那把最後一日留給了坦普絲。

他對於坦普絲有太多太多虧欠與感謝。

若非坦普絲在不知情的情況下啟動了異能，這個世界仍會迎來毀滅。他知道自己無論做得再多，都無法同等回報坦普絲對他的付出與真心，她為自己承受了太多悲傷與痛苦，他希望坦普絲接下來的日子都是美好的。

這天，他們像普通情侶一樣，他們到大街上約會、一起到了許多知名景點遊覽，在傍晚時到了視野最佳的地方觀賞日落。

旅程的最後，兩人到了賽恩提亞附近的高原去，那兒視野遼闊，沒有光害，能夠將夜晚的穹頂一覽無遺，在月亮的光輝增強前是絕佳的觀星地點。

後來，在政府與賽恩提亞的管制下，這兒成了需經許可才能進入的區域，也因此偌大的荒野上，僅有他們二人矗立其中。

「坦普絲，我們曾這樣好好欣賞過月亮嗎？」仰望著夜空，路那喃喃問著。

坦普絲輕輕搖搖頭。

在上一次的輪迴中，逃亡的當晚，兩人看見的月色被林影所覆蓋，他們從未在這般遼闊的平地中見得月球。

「妳不覺得今晚的月色特別美嗎？」路那輕輕勾起她的手，微笑著問。

「因為有你在，所以這是我見過最美麗的景色。」坦普絲有些哽咽地道，可因為仰起頭來的關係，角度讓她得以將淚水逼回眼眶內。

同時，這也將是世界上最後一次能瞧見的光景。

從今往後，宇宙中再沒有月球。

☾

女孩站在賽恩提亞建築的最高處。
無視寒冷的天氣，她的衣著單薄，指不定過一陣子就會失溫而死。
她靜靜凝望著夜空中那一輪明月。
那是最美麗的月亮，也是最溫柔的月亮，是她此生所愛。那柔和的光輝在她短暫的生命中照亮了她的世界，賦予了她本該無趣的人生意義。
「路那。」瑞普莉喀輕喚。即便她所呼喚的少年不在她身旁，即便她再也見不到對方。
淚水自眼角悄然滑落，她伸出手來，試圖抓住月亮的光芒，一如她初次甦醒的那日。
「你不會一個人孤單地死去。」她稍稍勾起唇角，「我會陪你的。」
路那曾說過，他希望她也能活下去。
不過瑞普莉喀的壽命已所剩無幾，失去了路那，她餘下的短暫人生中存在的意義也將消失殆盡。於是，她決定陪著路那一起離開這個世界，這將會成為她唯一無法應允路那的事。
「我很幸運能夠遇見了你。」她輕聲向夜空訴說自己的心，「與你一起度過的短暫時光中，每分每秒都像奇蹟一樣，我真的很幸福。」
就算只是像在醫務室那樣靜靜地看著他，就算是到他的住處以機構人員的身分與他說明真相，就算是在那消失的一天中，於公園中初次與他相遇……
不是坦普絲賦予的記憶與情感，而是她自己切身體會的，對於路那刻骨銘心的感情。

「路那……」她再度喚著自己最愛的男孩，從上衣口袋內拿出了小刀，往自己脖頸上抵著。

「我愛你。」

輕輕闔上了眼，瑞普莉喀劃開了自己的肌膚。

☾

腕上的裝置宣告著生命的倒計時，路那看著上頭即將歸零的時間，這段日子以來撐起的豁達也逐漸轉為對於生命消逝的無力。

「如果我不是吸血族的末裔，我就不會遇見妳，我們也沒有機會進一步認識，甚至互相喜歡，成為現在這樣的關係。」路那靜靜將身旁女孩攬進懷中，「坦普絲，謝謝妳曾經做過的一切，不管是對於過去的我，還是這一次的我。」

謝謝她曾為了保護他而背叛整個世界、謝謝她為了與他再次相遇而返回了過去、謝謝她成全了他最後的選擇。

坦普絲靠在他的胸膛上，花了好一陣子才調適好自己的心情，如今連撐起笑容於她而言都是無比困難的事。

「在遇見你之後，我的人生才有了意義。」她啞著聲開口，「路那，我……」

「我愛你。」她顫抖著唇，擔心自己快要忍不住即將潰堤的淚。

她曾設想過千千萬萬遍，自己會在何種情況下與路那說出這三個字。曾經，她以為會是在世界終結的前一刻。

餘下的時間不到一分鐘。

「我也是。」路那捧起她的臉頰，注視著她的眸子，神情溫柔，「能在最後讓我看看妳的笑容嗎？」

聽到這樣的話，坦普絲卻反倒想要流淚，可她仍是努力撐起了無比燦爛的笑。

路那想，或許無論是過去或是現在，會對於面前女孩心動的契機，都是她在自己面前露出的笑容。

他將臉龐湊近，輕輕將貼上了她的唇。

「坦普絲，妳要好好活下去喔，我們約好了，即便沒有我，妳也會好好地活著。」

坦普絲用力點點頭。

十秒。

「我愛妳。」路那輕輕撫過她的眉眼，在最後一刻，將夜空中的明月與她的面容一同烙在眼底。

當初沒能說出口的告白，沒能讓她知曉的心意，終於能傳達給面前這個他最深愛的女孩。

隨著計時結束，路那感覺手腕上有什麼刺入，一陣過後，他徹底失去了意識，倒在了坦普絲的懷中。

這一刻，坦普絲終於得以卸下所有偽裝，跪坐在地擁著懷中逐漸冰冷的身軀，崩潰地痛哭失聲。

☾

「確認月球加速度消失，預計十分鐘內月球將逐漸崩解碎裂。」

通訊裝置傳來機構宣告末日危機的解除，即便這是該舉世歡騰的喜事，坦普絲卻無法由衷感到喜悅。

這是路那所嚮往的、以生命換來的和平。

望著懷中平靜的面容，坦普絲的眼淚不停落下。

她開始回憶起在自己的人生中，與路那自相遇以來的種種。

轉學時站在台上不經意的那一眼、日落時在教室內的初次對談、路那在她因任務而苦惱時充滿暖意的關心。

舊校舍內那悲傷而溫柔的琴聲、兩人在月夜裡的談話、路那向她傾訴的不安與徬徨。

因覺醒而露出的獠牙、對路那的安撫、為了守護他而背叛機構的決心。
路那主動拉著她在街上的奔跑、深林中吸血後的擁抱、木屋內發現的真相，以及兩人相牽的手、月光下的相擁。
窩在小沙發上休息取暖的那三天、被發現行蹤後的掙扎、路那在她懷中死去所留下的遺言。
啟動異能後的第二次相遇、路那帶著她認識校園、他說她雪白的髮很漂亮。
在午休時間堆的那些雪人、讓路那措手不及的告白、公園內與路那的傾訴。
路那在彈琴後的回應、雪地上的第一個吻、電車難題後的逃課。
樓梯間一起吃的便當、路那提議的蹺課、兩人合而為一的那天。
賽恩提亞內的記者會、醫務室中的對談、兩人相勾的小拇指。
而後來到了今天。
路那第一次，也是最後說的，「我愛妳」。
兩人曾經度過的平凡日常，共同笑過哭過的日子，一切都像奇蹟一樣，是世界上最珍貴的，無法取代的寶物。
我不會忘記你。
我會一輩子都愛著你。
「妳要好好活下去。」

「妳要好好活下去喔。」

這是路那在兩次離開之前都說過的話。

會的。

她會帶著路那的愛活下去，為了路那的願望、為了自己而活下去。

坦普絲抬起頭來，視野中的月亮正逐漸解體、分裂，是世人從未見過的景象。

月球正不停的碎裂，化作無數的碎片，維持著高速進入大氣層，因摩擦產生的熱能開始燃燒。

就像流星一樣。

數不清的碎片猶如一場壯觀的流星雨，在這樣的夜空中，帶著璀璨的光芒逐漸往下墜落。

看著這樣絕美的景色，坦普絲摟著路那的力道加重了些。

如果路那也能看到就好了。

如果路那也能看到的話……

那一定，會成為世界上最美麗的光景吧。

《全文完》

後記

大家好，我是語風。

在後記正式開始之前，首先要感謝閱讀至此的你。無論是購買本書或者於書店、圖書館或其他處閱讀的讀者，我都由衷表示感謝。

很榮幸這個故事能以實體出版的模樣與大家見面，這是我第一本商業出版的作品，在此感謝編輯的努力與協助。

來稍微聊聊這個故事吧。

雖說帶著點奇幻色彩，也有其他想探討的議題，不過這個故事的主軸仍然圍繞著「愛」這個情感。書中各角色的行為都是出於其各自的「愛」，坦普絲為了愛人而選擇返回過去甚至打算拉世界陪葬、路那為了所愛而接受命運犧牲自己、瑞普莉喀為了心愛的男孩而遵照其意願做出一切行為、所長為了亡妻而打著大義的名號拯救世界……

在這個故事中，角色們愛人的方式不盡相同，不曉得看完故事的你們與誰的選擇最能起共鳴呢？

劇情中有另一個特別著墨描寫的部分，也就是關於吸血族的歷史與仇恨。面對這個未知的種族，人類選擇了最極端的方式，將它們趕盡殺絕，並沒有嘗試能讓兩方和平共存的方法，於是吸血族的仇恨不斷累積，最終這份怨念釀成了足以毀滅世界的悲劇，便是吸血族的報復。

然而，這樣的歷史卻被握有權力的人所隱瞞，他們不曾公開、不曾道歉，而也如同所長曾說過的，就算明白迫害吸血族是錯的，這些過錯也無法挽回了。

吸血族是無辜的，可不知情的人何嘗不是？路那清楚這一點，所以他不認同族人毀滅世界的選擇。

我把自己的想法寫在這個故事裡面了。對我而言，對吸血族最好的補償，是讓所有人都能記得這個歷史，將這樣的真相傳承下去，不要再犯下同樣的過錯。

固然那些表面上的公開道歉或許沒有多少真心，但在公布真相後，一定會有人為此而感到悲傷，為了吸血族受過的傷而感到憤怒，如此一來，當越來越多人記得這個以血獻祭的教訓後，這個世界才能越來越美好，逐漸擺脫不義。

這也是我想藉由這個故事傳遞給讀者們去思考的一個議題，希望在閱讀完這個故事後，除了體會到角色間真摯的情感外，大家也能收穫點別的什麼。

在動筆寫這個故事之前，我曾數次為著結局的走向而猶豫，而最終的樣貌便是我認為最合理、自己也最喜歡的樣子，希望大家看到這個不盡完美的結局時，也能夠感同身受並理解。

其實想說的話有很多，想要深入聊聊角色與劇情，不過一百個讀者或許會有一百種不同的想法，於是這部分就交給你們自行體悟，不管怎樣，希望你們會喜歡這個故事，願這個故事能佔據你們心中一小部分的位置。

對我來說這個故事也是寫作生涯上的一個里程碑，是首次嘗試的題材與風格，並且很高興能受到出版社的青睞。

如果有讀者想與我討論這個故事或者分享心得，歡迎搜尋我的POPO原創個人頁面，或者透過Instagram與我聯繫，我會很開心的。

要感謝的人有很多，無論是出版社與編輯、現實中給予支持的朋友及家人，或者是在寫作這條路上一直陪伴的文友，當然還有不懈創作的我自己，以及閱讀這個故事的每一個你。謝謝。

每當仰望月亮的時候，我總會想起這個故事。若看完故事的你也有同樣的感觸，那便是我最大的幸運。

不妨有空時，就抬起頭來看看夜空中溫柔的月色吧。

二〇二二／六／十一，語風。

要青春98　PG2795

要有光 FIAT LUX

自末日為你而來

作　　者　語　風
責任編輯　楊岱晴
圖文排版　陳彥妏
封面設計　劉肇昇

出版策劃　要有光
發 行 人　宋政坤
法律顧問　毛國樑　律師
印製發行　秀威資訊科技股份有限公司
114台北市內湖區瑞光路76巷65號1樓
電話：+886-2-2796-3638　傳真：+886-2-2796-1377
http://www.showwe.com.tw
劃撥帳號　19563868　戶名：秀威資訊科技股份有限公司
讀者服務信箱：service@showwe.com.tw
展售門市　國家書店（松江門市）
104台北市中山區松江路209號1樓
電話：+886-2-2518-0207　傳真：+886-2-2518-0778
網路訂購　秀威網路書店：https://store.showwe.tw
國家網路書店：https://www.govbooks.com.tw
總 經 銷　聯合發行股份有限公司
231新北市新店區寶橋路235巷6弄6號4F
電話：+886-2-2917-8022　傳真：+886-2-2915-6275

出版日期　2022年8月　BOD一版
定　　價　290元

讀者回函卡

Printed in Taiwan

國家圖書館出版品預行編目

自末日為你而來/語風著. -- 一版. -- 臺北市：
要有光, 2022.08
面；　公分
BOD版
ISBN 978-626-7058-44-2(平裝)

863.57　　　　111010756